insel taschenbuch 4107
Sir Arthur Conan Doyle
Die neuen Abenteuer des Sherlock Holmes

W0040238

SIR ARTHUR CONAN DOYLE

Die neuen Abenteuer des Sherlock Holmes

Erzählungen

INSEL VERLAG

Umschlagfoto: Paul Knight/Trevillion Images

insel taschenbuch 4107
Erste Auflage 2011
© dieser Zusammenstellung Insel Verlag Berlin 2011
Copyright der deutschen Übersetzung © 2005 by Kein & Aber AG Zürich
Vertrieb durch den Suhrkamp Taschenbuch Verlag
Textnachweise am Schluß des Bandes
Umschlag: bürosüd, München
Satz: Hümmer GmbH, Waldbüttelbrunn
Druck: CPI – Ebner & Spiegel, Ulm
Printed in Germany
ISBN 978-3-458-35807-7

1 2 3 4 5 6 – 16 15 14 13 12 11

INHALTSVERZEICHNIS

DAS LETZTE PROBLEM

Mein Herz ist schwer, nun da ich zur Feder greife, um ein letztes Mal die einzigartigen Gaben, die meinen Freund Mr. Sherlock Holmes auszeichneten, in Worten festzuhalten. In unzusammenhängender und, wie ich zutiefst empfinde, gänzlich unzulänglicher Form habe ich mich bemüht, einen Bericht von meinen seltsamen Erfahrungen im Umgang mit ihm zu geben, von dem Zufall, der uns zu Zeiten der ›Studie in Scharlachrot‹ erstmals zusammenführte, bis hin zu seinem Eingreifen in die Angelegenheit des Flottenvertrages — einem Eingreifen, das unstreitig eine ernstliche internationale Komplikation verhinderte. Ursprünglich war es meine Absicht, hier aufzuhören und nichts von dem Ereignis zu sagen, das in meinem Leben eine Leere hinterließ, die auszufüllen eine Spanne von zwei Jahren wenig vermocht hat. Unter dem Druck der kürzlich erschienenen Leserbriefe, in denen Colonel James Moriarty das Andenken seines Bruders verteidigt, bleibt mir jedoch keine andere Wahl, als der Öffentlichkeit die Tatsachen genau so vorzulegen, wie sie sich ereigneten. Ich allein kenne die absolute Wahrheit, und ich bin überzeugt, daß die Zeit gekommen ist, da ihre Unterdrückung keinem sinnvollen Zweck mehr dient. Soweit ich weiß, sind in der öffentlichen Presse nur drei Darstellungen erschienen, die im *Journal de Genève* vom 6. Mai 1891, die Reuter-Meldung in den englischen Zeitungen vom 7. Mai und schließlich die kürzlich veröffentlichten Briefe, auf die ich bereits hingewiesen habe. Die ersten beiden Darstellungen waren äußerst gedrängt, während letztere, wie ich nun zeigen werde, die Tatsachen völlig verdreht. Es ist an mir, zum ersten Mal zu erzählen, was sich zwischen Professor Moriarty und Mr. Sherlock Holmes wirklich zugetragen hat.

Man mag sich erinnern, daß sich nach meiner Heirat und meiner darauffolgenden Niederlassung in einer Privatpraxis das sehr enge Verhältnis von Holmes und mir in gewissem Grade änderte. Er kam nach wie vor von Zeit zu Zeit zu mir, wenn er einen Begleiter bei seinen Nachforschungen wünschte, aber diese Anlässe wurden immer seltener, und ich stelle fest, daß es im Jahre 1890 nur drei Fälle gab, von denen ich irgendwelche Aufzeichnungen bewahre. Im Winter dieses Jahres und im Frühjahr 1891 ersah ich aus den Zeitungen, daß er von der französischen Regierung in einer Sache von höchster Bedeutung engagiert worden war, und ich erhielt zwei in Narbonne und Nîmes aufgegebene Briefe von Holmes, denen ich entnahm, daß sein Aufenthalt in Frankreich wahrscheinlich von längerer Dauer sein würde. Ich war daher einigermaßen überrascht, als ich ihn am Abend des 24. April in mein Sprechzimmer treten sah. Mir fiel auf, daß er noch bleicher und dünner als gewöhnlich aussah.

»Ja, ich bin wohl etwas freizügig mit meinen Kräften umgesprungen«, bemerkte er, eher in Beantwortung meines Blicks als meiner Worte; »man hat mir in letzter Zeit ein wenig zugesetzt. Haben Sie etwas dagegen, wenn ich Ihre Läden schließe?«

Das einzige Licht im Zimmer kam von der Lampe auf dem Tisch, an dem ich gelesen hatte. Holmes schob sich an der Wand entlang, warf die Läden zu und verriegelte sie sorgsam.

»Sie haben vor etwas Angst?« fragte ich.

»Nun ja, das habe ich.«

»Wovor?«

»Vor Luftgewehren.«

»Mein lieber Holmes, was wollen Sie damit sagen?«

»Ich glaube, Sie kennen mich gut genug, Watson, um zu wissen, daß ich keineswegs ein ängstlicher Mensch bin. Andererseits zeugt es eher von Dummheit als Mut, eine unmittelbar drohende Gefahr nicht wahrhaben zu wollen. Dürfte ich Sie um ein Streichholz bitten?« Er sog den Rauch seiner Zigarette ein, als tue ihm seine beruhigende Wirkung wohl.

»Ich muß mich dafür entschuldigen, daß ich noch so spät vorspreche«, sagte er, »und ich muß Sie des weiteren bitten, mir unkonventionellerweise zu gestatten, Ihr Haus gleich zu verlassen, indem ich hinten über die Gartenmauer klettere.«

»Aber was hat das alles zu bedeuten?« fragte ich.

Er streckte die Hand aus, und ich sah im Licht der Lampe, daß zwei seiner Knöchel aufgeschlagen waren und bluteten.

»Es ist kein luftiges Nichts, wie Sie sehen«, sagte er lächelnd. »Im Gegenteil, es ist fest genug, daß sich ein Mann die Hand daran brechen kann. Ist Mrs. Watson zu Hause?«

»Sie ist verreist.«

»Ach wirklich! Sie sind allein?«

»Völlig.«

»Da kann ich Ihnen um so leichter den Vorschlag machen, mit mir eine Woche auf den Kontinent zu fahren.«

»Wohin?«

»Oh, irgendwohin. Das ist mir gleich.«

All das hatte etwas sehr Seltsames. Es war nicht Holmes' Art, planlos Ferien zu machen, und etwas an seinem bleichen, erschöpften Gesicht verriet mir, daß seine Nerven unter höchster Spannung standen. Er sah die Frage in meinen Augen, legte die Fingerspitzen zusammen, stützte die Ellbogen auf die Knie und erklärte die Situation.

»Sie haben vermutlich noch nie von Professor Moriarty gehört?« sagte er.

»Niemals.«

»Genau das ist ja das Geniale und Erstaunliche an der Sache!« rief er. »Ganz London ist von ihm durchdrungen, und niemand hat je von dem Mann gehört. Das ist es, was ihm in den Annalen des Verbrechens eine absolute Spitzenposition garantiert. Ich sage Ihnen in vollem Ernst, Watson: Sollte es mir gelingen, diesen Mann zu schlagen, die Gesellschaft von ihm zu befreien, dann könnte ich mich mit dem Gefühl, den Höhepunkt meiner Karriere erreicht zu haben, einer friedlicheren Lebensbeschäftigung zuwenden. Unter uns, die jüngsten Fälle, in denen ich der königlichen Familie von Skandinavien und der Französischen Republik behilflich war, haben mich in eine solche Position gebracht, daß ich fortan ein ruhiges Leben, wie es mir am meisten zusagt, führen und meine Aufmerksamkeit meinen chemischen Forschungen widmen könnte. Aber ich könnte nicht ruhen, Watson, ich könnte nicht untätig in meinem Stuhl sitzen, wenn ich wüßte, daß ein Mann wie Professor Moriarty unbehelligt durch die Straßen Londons geht.«

»Was hat er denn getan?«

»Seine Karriere ist außergewöhnlich. Er stammt aus gutem Haus, genoß eine ausgezeichnete Erziehung und hat von Natur aus eine phänomenale mathematische Begabung. Im Alter von einundzwanzig verfaßte er eine Abhandlung über den binomischen Lehrsatz, die in Europa Aufsehen erregte. Kraft ihrer erhielt er den mathematischen Lehrstuhl an einer unserer kleineren Universitäten und hatte allem Anschein nach eine höchst brillante Karriere vor sich. Aber der Mann hatte ererbte Neigungen der diabolischsten Art. Ein Hang zum Verbrechen lag ihm im Blut, der von seinen außerordentlichen geistigen Fähigkeiten nicht etwa geläutert, sondern noch verstärkt und unendlich viel gefährlicher gemacht wurde. Dunkle Gerüchte ballten sich um ihn in der Universitätsstadt, und schließlich war er gezwungen, von seinem Lehrstuhl zurückzutreten und nach London zu kommen, wo er sich als militärischer Ausbilder niederließ. So viel ist allenthalben bekannt, doch was ich Ihnen jetzt erzähle, habe ich selbst entdeckt.

Wie Sie wissen, Watson, gibt es niemanden, der die höheren Verbrecherkreise von London so gut kennt wie ich. Seit Jahren schon bin ich mir einer Macht hinter dem einzelnen Übeltäter bewußt, einer verborgenen, organisierenden Macht, die sich fortwährend dem Gesetz in den Weg stellt und den Missetäter mit ihrem Schilde deckt. Wieder und wieder habe ich in Fällen der unterschiedlichsten Art – Fälschungen, Raubüberfälle, Morde – die Gegenwart dieser Kraft gespürt, und ich habe ihr Wirken in vielen der unaufgeklärten Verbrechen deduziert, bei denen man mich nicht persönlich konsultiert hat. Jahrelang habe ich mich abgemüht, den Schleier, der sie verhüllte, zu durchdringen, und endlich kam der Zeitpunkt, da ich meinen Faden zu fassen kriegte und ihm folgte, bis er mich, nach tausend listenreichen Windungen, zu Ex-Professor Moriarty, der mathematischen Berühmtheit, führte.

Er ist der Napoleon des Verbrechens, Watson. Er ist der Organisator der Hälfte all dessen, was in dieser großen Stadt an Bösem geschieht, und von nahezu allem, was ungeklärt bleibt. Er ist ein Genie, ein Philosoph, ein abstrakter Denker. Er hat einen Verstand von erstem Rang. Er sitzt reglos wie eine Spinne im Zentrum ihres Netzes, aber dieses Netz hat tausend Fäden, und er kennt jedes Zittern genau. Selbst tut er wenig. Er plant nur. Aber seine Agenten sind zahlreich und glänzend organisiert. Wenn ein Verbrechen begangen werden, sagen wir, ein Papier entwendet, ein Haus ausgeraubt, ein Mensch beseitigt werden soll – so wird das dem Professor mitgeteilt, die Sache wird organisiert und ausgeführt. Der Agent mag gefaßt werden. In diesem Fall wird Geld für seine Kaution oder Verteidigung aufgebracht. Doch die zentrale Macht, die sich des Agenten bedient, wird nie gefaßt – ja, nicht einmal verdächtigt. Das war die Organisation, Watson, deren Existenz ich deduziert und deren Entlarvung und Zerschlagung ich meine ganze Energie gewidmet habe.

Aber der Professor war von so schlau ersonnenen Sicherungen umgeben, daß es, was auch immer ich tat, unmöglich schien, Beweismaterial in die Hand zu bekommen, das ihn vor einem Gericht überführen könnte. Sie kennen meine Fähigkeiten, mein lieber Watson, und doch mußte ich mir nach Ablauf von drei Monaten eingestehen, endlich auf einen Widersacher gestoßen zu sein, der mir geistig ebenbürtig war. Mein Entsetzen über seine Verbrechen verlor sich in meiner Bewunderung für sein Geschick. Doch endlich machte er einen Fehltritt – nur einen winzig kleinen Fehltritt –, aber das war mehr, als er sich leisten konnte, da ich ihm so dicht auf den Fersen war. Ich bekam meine Chance, und von diesem Punkt ausgehend, habe ich mein Netz um ihn geknüpft, und nun ist es bereit, sich zusammenzuziehen. In drei Tagen, das heißt nächsten Montag, wird die Sache zum Klappen kommen und der Professor mit allen Hauptmitgliedern seiner Bande der Polizei in die Hände fallen. Dann wird es den größten Kriminalprozeß des Jahrhunderts geben, die Aufklärung von über vierzig mysteriösen Fällen und zum Schluß für die ganze Bande den Strang – doch ein einziger voreiliger Schritt von uns, verstehen Sie, und sie können selbst noch im letzten Moment unseren Händen entschlüpfen.

Hätte ich dies nun ohne Wissen von Professor Moriarty tun können, wäre alles gut gegangen. Doch dafür war er zu gerissen.

Er sah jeden Schritt, den ich unternahm, um meine Schlingen um ihn zu legen. Wieder und wieder versuchte er sich zu entwinden, doch jedesmal kam ich ihm zuvor. Ich sage Ihnen, mein Freund, wenn ein detaillierter Bericht dieses stummen Wettkampfes verfaßt werden könnte, würde er seinen Platz als das brillanteste Beispiel für Ausfall- und Parade-Taktiken in der Geschichte der Detektivarbeit einnehmen. Niemals habe ich mich zu solcher Höhe aufgeschwungen, und niemals hat mir ein Gegner so hart zugesetzt. Er führte seine Stöße tief, doch unterlief ich ihn knapp. Heute morgen wurden die letzten Schritte unternommen, und es bedurfte nur noch dreier Tage, um die Geschichte zu beenden. Ich saß in meinem Zimmer und überdachte die Angelegenheit, als die Tür aufging und Professor Moriarty vor mir stand.

Meine Nerven sind recht stabil, Watson, aber ich muß bekennen, daß ich zusammengezuckt bin, als ich eben den Mann, den meine Gedanken ständig umkreisen, auf meiner Schwelle stehen sah. Sein Äußeres war mir durchaus vertraut. Er ist überaus groß und dünn, seine Stirn wölbt sich wie eine weiße Kuppel über seinen tief eingesunkenen Augen. Er ist glattrasiert, bleich und wirkt asketisch: Er hat in seinen Zügen nach wie vor etwas von dem Professor bewahrt. Seine Schultern sind vom vielen Studium gekrümmt, sein Kopf ist weit nach vorn gestreckt und pendelt fortwährend auf merkwürdig reptilische Weise langsam hin und her. Er starrte mich mit großer Neugier in seinen zusammengekniffenen Augen an.

›Ihre Stirnpartie ist weniger entwickelt, als ich erwartet hätte‹, sagte er endlich. ›Es ist eine gefährliche Angewohnheit, in der Tasche des Morgenmantels an geladenen Feuerwaffen rumzuspielen.‹

Tatsache ist, daß ich bei seinem Eintreten sofort die äußerste Gefahr erkannt hatte, in der ich schwebte. Der einzig denkbare Ausweg für ihn lag darin, mich zum Schweigen zu bringen. Im Nu hatte ich den Revolver aus der Schublade in meine Tasche gleiten lassen und hielt ihn durch den Stoff auf Moriarty gerichtet. Auf seine Bemerkung hin zog ich die Waffe und legte sie schußbereit auf den Tisch. Er lächelte und blinzelte immer noch, doch an seinen Augen war etwas, das mich sehr froh machte, daß ich bewaffnet war.

›Sie kennen mich offenbar nicht‹, sagte er.

›Im Gegenteil‹, antwortete ich, ›ich denke, es ist ganz offensichtlich, daß ich Sie kenne. Ich kann fünf Minuten für Sie erübrigen, wenn Sie etwas zu sagen haben.‹

›Alles, was ich zu sagen habe, ist Ihnen schon in den Sinn gekommen‹, sagte er.

›Dann ist Ihnen meine Antwort vielleicht auch schon in den Sinn gekommen‹, erwiderte ich.

›Sie halten stand?‹

›Absolut.‹

Er fuhr mit der Hand in die Tasche, und ich hob den Revolver vom Tisch. Doch er zog lediglich ein Notizbuch hervor, in das er einige Daten gekritzelt hatte.

›Am 4. Januar haben Sie meinen Weg gekreuzt‹, sagte er. ›Am 23. haben Sie mich belästigt; Mitte Februar bin ich von Ihnen ernstlich gestört worden; Ende März war ich in meinen Plänen völlig behindert; und nun, da der April sich neigt, sehe ich mich durch Ihre ständigen Verfolgungen in eine Lage gebracht, wo ich eindeutig Gefahr laufe, meine Freiheit zu verlieren. So kann das unmöglich weitergehen.‹

›Haben Sie irgendeinen Vorschlag zu machen?‹ fragte ich.

›Sie müssen das aufgeben, Mr. Holmes‹, sagte er mit hin- und herpendelndem Gesicht. ›Das müssen Sie wirklich, wissen Sie.‹

›Nach Montag‹, sagte ich.

›Na, na!‹ sagte er. ›Ich bin ganz sicher, daß ein Mann von Ih-rer Intelligenz einsehen wird, daß diese Affäre nur einen Aus-gang haben kann. Es ist unabdingbar, daß Sie sich zurückzie-hen. Sie haben die Dinge auf eine Weise gehandhabt, daß uns nur noch ein einziger Ausweg bleibt. Es war mir ein intellek-tueller Hochgenuß, zu verfolgen, wie Sie diese Sache angepackt haben, und ich kann Ihnen ohne zu heucheln sagen, wie schmerz-lich es für mich wäre, wenn ich zum Äußersten gezwungen würde. Sie lächeln, Sir, aber ich versichere Ihnen, dem ist so.‹

›Gefahr gehört zu meinem Beruf‹, bemerkte ich.

›Es geht hier nicht um Gefahr‹, sagte er. ›Es geht um un-ausweichliche Vernichtung. Sie stehen nicht nur einer Einzel-person, sondern einer mächtigen Organisation im Wege, deren ganzes Ausmaß Sie, bei all Ihrer Klugheit, nicht haben erfas-sen können. Gehen Sie uns aus dem Weg, Mr. Holmes, oder Sie werden zertreten.‹

›Ich fürchte‹, sagte ich, mich erhebend, ›daß ich über dem Vergnügen an diesem Gespräch Geschäfte von Bedeutung ver-nachlässige, die anderswo meiner harren.‹

Er erhob sich gleichfalls und sah mich schweigend, mit trau-rigem Kopfschütteln, an.

›Je nun‹, sagte er endlich. ›Eigentlich schade, aber ich habe getan, was ich konnte. Ich kenne jeden Zug Ihres Spiels. Sie können vor Montag nichts tun. Es ist ein Duell zwischen Ih-nen und mir gewesen, Mr. Holmes. Sie hoffen, mich auf die Anklagebank zu bringen. Ich sage Ihnen, daß ich niemals auf der Anklagebank sitzen werde. Sie hoffen, mich zu schlagen. Ich sage Ihnen, Sie werden mich nie schlagen. Sollten Sie ge-schickt genug sein, mich zu vernichten, so seien Sie gewiß, daß Ihnen Gleiches widerfahren wird.‹

›Sie haben mir einige Komplimente gemacht, Mr. Moriarty‹, sagte ich. ›Lassen Sie mich Ihnen eines dafür zurückgeben: Könnte ich der ersteren Möglichkeit sicher sein, würde ich im Interesse der Allgemeinheit die letztere freudig auf mich nehmen.‹

›Ich kann Ihnen die eine versprechen, nicht aber die andere‹, schnarrte er, und damit wandte er mir den gekrümmten Rücken zu und ging pendelnd und blinzelnd aus dem Zimmer.

Das war meine eigenartige Unterredung mit Professor Moriarty. Ich gebe zu, daß sie auf mein Gemüt eine unangenehme Wirkung hatte. Seine sanfte, präzise Sprechweise hinterläßt einen Eindruck von Ernsthaftigkeit, wie ihn leere Drohungen nie erzielen. Natürlich werden Sie sagen: ›Warum treffen Sie keine polizeilichen Maßnahmen gegen ihn?‹ Der Grund ist, daß ich völlig überzeugt bin, daß er durch seine Agenten zuschlagen wird. Ich habe den besten Beweis dafür.«

»Sie sind bereits angegriffen worden?«

»Mein lieber Watson, Professor Moriarty ist kein Mann, der lange fackelt. Ich ging gegen Mittag aus, um in der Oxford Street ein Geschäft zu erledigen. Als ich an die Ecke Bentinck Street – Welbeck Street kam, sauste ein zweispänniges Fuhrwerk um die Kurve und hatte mich blitzschnell erreicht. Ich sprang auf den Bürgersteig und rettete mich um den Bruchteil einer Sekunde. Der Wagen kam aus der Marylebone Lane herangeschossen und war im Nu verschwunden. Ich blieb danach auf dem Trottoir, Watson, doch als ich die Vere Street entlangging, kam vom Dach eines der Häuser ein Ziegelstein herunter und zersplitterte zu meinen Füßen. Ich rief die Polizei und ließ die Stelle untersuchen. Auf dem Dach waren Schieferplatten und Ziegelsteine gestapelt für irgendwelche Reparaturen, und sie wollten mich glauben machen, der Wind habe einen runtergepustet. Natürlich wußte ich es besser, aber ich konnte nichts beweisen. Danach nahm ich eine Droschke und erreichte die Räume meines Bruders in der Pall Mall, wo ich den Tag verbrachte. Nun bin ich zu Ihnen gekommen, und unterwegs hat mich ein Rüpel mit einem Knüttel attackiert. Ich hab ihn niedergeschlagen, und die Polizei hat ihn in Gewahrsam; aber ich kann Ihnen mit der absolutesten Gewißheit sagen, daß man niemals irgendeine Verbindung zwischen dem Gentleman, an dessen Vorderzähnen ich mir die Knöchel aufgeschlagen habe, und dem unauffälligen Mathematiklehrer aufspüren wird, der, möchte ich behaupten, gerade zehn Meilen entfernt auf einer Tafel Rechenaufgaben löst. Es wird Sie nicht mehr verwundern, Watson, daß ich beim Betreten Ihrer Räume zuerst die Läden geschlossen und Sie um die Erlaubnis gebeten habe, Ihr Haus durch einen etwas weniger augenfälligen Ausgang als die Vordertür verlassen zu dürfen.«

Ich hatte oft den Mut meines Freundes bewundert, doch niemals mehr als jetzt, da er ruhig dasaß und eine Reihe von Vorfällen aufzählte, die sich zu einem Tag des Schreckens zusammengefügt haben mußten.

»Werden Sie die Nacht hier verbringen?« sagte ich.

»Nein, mein Freund; Sie müßten sonst vielleicht feststellen, daß ich ein gefährlicher Gast bin. Ich habe meine Pläne geschmiedet, und alles wird gutgehen. Die Sache hat sich jetzt so weit entwickelt, daß sie, was die Verhaftung betrifft, auch ohne meine Hilfe vorwärtsmachen können, während für eine Überführung meine Anwesenheit vonnöten ist. Es liegt daher auf der Hand, daß ich nichts Besseres tun kann, als mich die wenigen Tage davonzumachen, die noch bleiben, bis die Polizei freie Hand hat. Es wäre mir mithin ein großes Vergnügen, wenn Sie mit mir auf den Kontinent kommen könnten.«

»Die Praxis ist ruhig«, sagte ich, »und ich habe einen entgegenkommenden Nachbarn. Ich würde mich freuen, mitzukommen.«

»Und morgen früh aufzubrechen?«

»Wenn nötig.«

»O ja, es ist überaus nötig. Dann sind das Ihre Instruktionen, und ich bitte Sie, mein lieber Watson, ihnen buchstabengetreu zu folgen, denn jetzt spielen Sie mit mir eine Doppelpartie gegen den geschicktesten Schurken und das mächtigste Verbrechersyndikat Europas. Nun hören Sie zu! Sie werden jegliches Gepäck, das Sie mitzunehmen beabsichtigen, heute nacht durch einen vertrauenswürdigen Boten unadressiert nach Victoria befördern lassen. Morgen werden Sie nach einem Hansom schicken und Ihren Mann anweisen, weder den ersten noch den zweiten zu nehmen, der sich anbieten mag. In diesen Hansom werden Sie einsteigen und zum Strand-Ende der Lowther Arcade fahren, wobei Sie dem Kutscher die Adresse auf einem Stück Papier aushändigen, mit der Aufforderung, es nicht wegzuwerfen. Halten Sie Ihr Fahrgeld bereit und sausen Sie, sobald Ihre Droschke hält, durch die Arcade, wobei Sie es so einrichten müssen, daß Sie um Viertel nach neun auf der anderen Seite rauskommen. Sie werden einen kleinen Brougham dicht am Rinnstein warten sehen, der von einem Menschen in einem schweren, schwarzen Mantel mit rot abgestepptem Kragen gefahren wird. Da steigen Sie ein, und Sie werden Victoria rechtzeitig für den Zug nach dem Kontinent erreichen.«

»Wo werde ich Sie treffen?«

»Auf dem Bahnhof. Das zweite Erster-Klasse-Abteil von vorn wird für uns reserviert sein.«

»Das Abteil ist also unser Treffpunkt.«

»Ja.«

Vergebens bat ich Holmes, für den Abend zu bleiben. Mir war klar, daß er Unglück über das Haus zu bringen fürchtete, in dem er weilte, und daß dies der Grund war, der ihn zum Gehen drängte. Mit ein paar hastigen Worten zu unseren Plänen für den folgenden Tag stand er auf und kam mit mir in den Garten hinaus, kletterte über die Mauer, hinter der die Mortimer Street liegt, und pfiff sofort nach einem Hansom, in dem ich ihn wegfahren hörte.

Am Morgen befolgte ich Holmes' Anordnungen buchstabengetreu. Ein Hansom wurde unter solchen Vorkehrungen beschafft, die verhindern würden, daß es einer war, den man für uns bereitgestellt hatte, und ich fuhr unmittelbar nach dem Frühstück zur Lowther Arcade, die ich mit höchster Geschwindigkeit durcheilte. Ein Brougham wartete mit einem sehr massigen, in einen dunklen Umhang gehüllten Fahrer, der, sobald ich eingestiegen war, das Pferd antrieb und zur Victoria Station davonratterte. Als ich dort ausstieg, wendete er die Kutsche und sauste von dannen, ohne auch nur einen Blick in meine Richtung zu werfen.

So weit war alles bewunderungswürdig verlaufen. Mein Gepäck erwartete mich, und ich hatte keine Schwierigkeiten, das Abteil zu finden, das Holmes angegeben hatte, um so weniger, als es das einzige im Zug war, das das »Besetzt«-Schild trug. Nur eines machte mir Sorgen: das Nichterscheinen von Holmes. Die Bahnhofsuhr zeigte nur noch sieben Minuten bis zu der Zeit, da wir abfahren sollten. Vergeblich hielt ich unter den Gruppen von Reisenden und Abschiednehmenden Ausschau nach der wendigen Gestalt meines Freundes. Es war nichts von ihm zu sehen. Ich verbrachte ein paar Minuten damit, einem ehrwürdigen italienischen Priester beizustehen, der in seinem gebrochenen Englisch einem Dienstmann verständlich zu machen versuchte, daß sein Gepäck nach Paris aufgegeben werden sollte. Dann, nachdem ich mich noch einmal umgesehen hatte, kehrte ich in mein Abteil zurück, wo ich feststellte, daß mir der Schaffner trotz des Schildes meinen gebrechlichen italienischen Freund als Reisegefährten zugeteilt hatte. Es war sinnlos für mich, ihm klarmachen zu wollen, daß seine Anwesenheit nicht Rechtens war, denn mein Italienisch war noch begrenzter als sein Englisch, und so zuckte ich resigniert die Achseln und hielt weiterhin bang nach meinem Freund Ausschau. Ein Schauer der Angst hatte mich überkommen, als ich daran dachte, daß sein Ausbleiben bedeuten mochte, daß während der Nacht ihm etwas zugestoßen war. Schon waren alle Türen zugeschlagen worden und der Pfiff ertönt, als –

»Mein lieber Watson«, sagte eine Stimme, »Sie haben nicht einmal geruht, guten Morgen zu sagen.«

Ich drehte mich in fassungsloser Verblüffung um. Der betagte Geistliche hatte mir das Gesicht zugewandt. Für einen Augenblick glätteten sich die Runzeln, die Nase hob sich vom Kinn, die Unterlippe zog sich zurück, der Brabbelmund verstummte, die matten Augen gewannen ihr Feuer wieder, die zusammengesunkene Gestalt streckte sich. Im nächsten Moment sackte alles zusammen, und Holmes war so rasch verschwunden, wie er gekommen war.

»Lieber Himmel!« rief ich. »Haben Sie mich erschreckt!«

»Noch ist jede Vorsichtsmaßnahme vonnöten«, flüsterte er. »Ich habe Grund zu der Annahme, daß sie uns hart auf den Fersen sind. Ah, da ist Moriarty selbst.«

Der Zug hatte sich bereits in Bewegung gesetzt, während Holmes sprach. Zurückblickend sah ich einen hochgewachsenen Mann, der sich ungestüm durch die Menge drängte und winkte, als wollte er den Zug anhalten lassen. Es war jedoch zu spät, denn wir gewannen rasch an Geschwindigkeit und hatten schon einen Moment später den Bahnhof hinter uns gelassen.

»Trotz all unserer Vorsichtsmaßnahmen haben wir es, wie Sie sehen, äußerst knapp geschafft«, sagte Holmes lachend. Er stand auf, legte den schwarzen Talar und Hut ab, die seine Verkleidung gebildet hatten, und verstaute sie in einer Reisetasche.

»Haben Sie die Morgenzeitung gelesen, Watson?«

»Nein.«

»Sie haben also nichts von der Baker Street gelesen?«

»Baker Street?«

»Sie haben letzte Nacht Feuer an unsere Räume gelegt. Es wurde kein großer Schaden angerichtet.«

»Gütiger Himmel, Holmes! Das ist ja nicht auszuhalten.«

»Sie müssen meine Spur gänzlich verloren haben, nachdem ihr Knüppel-Mann verhaftet wurde. Ansonsten hätten sie nicht annehmen können, ich sei in meine Räume zurückgekehrt. Allem Anschein nach haben sie aber vorsichtshalber Sie beobachtet, und das hat Moriarty nach Victoria gebracht. Sie haben beim Herkommen nicht möglicherweise einen Fehler gemacht?«

»Ich tat genau, was Sie mir aufgetragen hatten.«

»Fanden Sie Ihren Brougham?«

»Ja, er wartete schon.«

»Haben Sie Ihren Kutscher erkannt?«

»Nein.«

»Es war mein Bruder Mycroft. Es ist von Vorteil, in einem solchen Fall, wenn man herumkommen kann, ohne einen Mietling ins Vertrauen zu ziehen. Doch wir müssen planen, was wir nun wegen Moriarty unternehmen.«

»Da dies ein Schnellzug ist und er auch noch Anschluß an das Schiff hat, möchte ich meinen, daß wir ihn sehr erfolgreich abgeschüttelt haben.«

»Mein lieber Watson, Sie haben offenbar nicht ganz verstanden, was ich meinte damit, daß man bei diesem Mann durchaus das gleiche intellektuelle Niveau wie bei mir voraussetzen könne. Sie glauben doch nicht, ich als Verfolger ließe mich von einem so geringfügigen Hindernis aufhalten. Warum also sollten Sie so gering von ihm denken?«

»Was wird er tun?«

»Was ich tun würde.«

»Und das wäre?«

»Einen Sonderzug mieten.«

»Aber der käme doch zu spät.«

»Keineswegs. Dieser Zug hält in Canterbury; und beim Schiff gibt es immer mindestens eine Viertelstunde Verzögerung. Dort wird er uns einholen.«

»Man könnte meinen, wir wären die Verbrecher. Wir können ihn bei seiner Ankunft verhaften lassen.«

»Das hieße, die Arbeit von drei Monaten zunichte machen. Wir würden den großen Fisch fangen, doch die kleineren würden nach rechts und links aus dem Netz flitzen. Am Montag werden wir sie alle haben. Nein, eine Verhaftung kommt nicht in Betracht.«

»Was dann?«

»Wir werden in Canterbury aussteigen.«

»Und dann?«

»Nun, dann müssen wir quer durchs Land nach Newhaven und von dort nach Dieppe übersetzen. Moriarty wird wieder tun, was ich tun würde. Er wird nach Paris weiterfahren, unser Gepäck ausfindig machen und zwei Tage beim Depot warten. Unterdessen werden wir uns ein paar Stofftaschen leisten, in den Ländern, die wir bereisen, das Handwerk fördern und uns via Luxemburg und Basel mit Muße in die Schweiz verfügen.«

Ich bin ein zu erfahrener Reisender, als daß mir der Verlust meines Gepäcks ernsthaft zu schaffen machen könnte, doch ich gebe zu, daß mich die Vorstellung ärgerte, vor einem Mann Haken schlagen und mich verstecken zu müssen, dessen Sündenregister schwarz war vor unaussprechlichen Infamien. Es war jedoch klar, daß Holmes die bessere Übersicht hatte. Wir stiegen deshalb in Canterbury aus, nur um festzustellen, daß wir auf einen Zug nach Newhaven eine Stunde würden warten müssen. Ich sah immer noch recht wehmütig dem rasch mit meiner Garderobe entschwindenden Gepäckwagen nach, als Holmes mich am Ärmel zupfte und die Geleise entlang deutete.

»Sehen Sie, da kommt er schon«, sagte er.

Weit weg über den Wäldern von Kent stieg eine dünne Rauchwolke auf. Eine Minute später konnte man einen Wagen nebst Lokomotive in die weite Kurve sausen sehen, die zum Bahnhof führt. Wir hatten kaum Zeit, uns hinter einen Stapel Gepäck zu ducken, als er, einen Schwall heißer Luft in unsere Gesichter schleudernd, ratternd und schnaubend vorbeiraste.

»Da fährt er hin«, sagte Holmes, während wir dem Wagen nachblickten, wie er rumpelnd über die Weichen schwankte. »Die Intelligenz unseres Freundes hat, wie Sie sehen, doch ihre Grenzen. Es wäre ein *coup de maître* gewesen, hätte er deduziert, was ich deduzieren würde, und entsprechend gehandelt.«

»Und was hätte er getan, wenn er uns eingeholt hätte?«

»Es kann nicht den geringsten Zweifel daran geben, daß er einen Mordanschlag auf mich unternommen hätte. Das ist jedoch ein Spiel, bei dem zwei mitspielen können. Und im Augenblick stellt sich die drängende Frage, ob wir hier einen verfrühten Lunch zu uns nehmen oder das Risiko eingehen zu verhungern, ehe wir das Buffet in Newhaven erreichen.«

Wir kamen an jenem Abend bis Brüssel, verbrachten dort zwei Tage und fuhren am dritten nach Straßburg weiter. Montag morgen hatte Holmes der Londoner Polizei telegraphiert, und am Nachmittag fanden wir in unserem Hotel eine Antwort vor. Holmes riß sie auf und schleuderte sie dann mit einer bitteren Verwünschung in den Kamin.

»Ich hätte es wissen müssen«, stöhnte er. »Er ist entkommen.«

»Moriarty!«

»Sie haben die ganze Bande festgenommen, mit Ausnahme von ihm. Er ist ihnen entwischt. Natürlich, nachdem ich London verlassen hatte, gab es niemanden mehr, der mit ihm fertig geworden wäre. Aber ich war doch der Meinung, ich hätte ihnen das Wild in die Arme getrieben. Ich glaube, Sie kehren besser nach England zurück, Watson.«

»Warum?«

»Weil ich jetzt zu einem gefährlichen Begleiter geworden bin. Das Gewerbe dieses Mannes ist dahin. Er ist verloren, wenn er nach London zurückkehrt. Wenn ich seinen Charakter richtig deute, wird er seine gesamten Energien daran wenden, sich an mir zu rächen. Er hat das während unserer kurzen Unterredung angedeutet, und ich glaube, er meinte es ernst. Ich möchte Ihnen jedenfalls empfehlen, zu Ihrer Praxis zurückzukehren.«

Das war nicht die Art Empfehlung, die bei einem alten Soldaten und alten Freund wie mir verfangen mochte. Wir saßen im *salle-à-manger* in Straßburg und erörterten die Frage eine halbe Stunde lang, doch am gleichen Abend hatten wir unsere Reise fortgesetzt und waren schon seit Stunden unterwegs nach Genf.

Eine bezaubernde Woche lang wanderten wir das Rhône-Tal hinauf, dann, bei Leuk abzweigend, über den noch tief verschneiten Gemmi-Paß und gelangten so, über Interlaken, nach Meiringen. Es war eine wunderschöne Wanderung, das liebliche Grün des Frühlings zu Füßen, das jungfräuliche Weiß des Winters zu Häupten; aber es war mir klar, daß Holmes keinen Moment lang den Schatten vergaß, der über ihm lag. Ob in den heimeligen Alpendörfern oder auf den einsamen Bergpässen – die Art, wie er seine scharfen Blicke schweifen ließ und das Gesicht eines jeden, der uns entgegenkam, einer scharfen Musterung unterzog, rief mir immer wieder ins Bewußtsein, daß er vollauf überzeugt war, wir könnten, wohin wir auch gehen mochten, der Gefahr nicht entgehen, die uns auf den Fersen blieb.

Einmal, entsinne ich mich, als wir den Gemmi überquerten und am Ufer des melancholischen Daubensees entlanggingen, kam ein großer Felsbrocken, der sich aus dem Kamm gelöst hatte, herabgepoltert und donnerte hinter uns in den See. Im Nu war Holmes auf den Kamm gestürmt und reckte, auf einer hochragenden Zinne stehend, den Hals nach allen Richtungen. Es verschlug nichts, daß unser Führer ihm erklärte, Steinschlag sei an dieser Stelle im Frühling ein alltägliches Risiko. Er sagte nichts, doch er lächelte mir mit der Miene eines Mannes zu, der eintreffen sieht, was er erwartet hat.

Und doch war er bei all seiner Wachsamkeit nie deprimiert. Im Gegenteil, ich entsinne mich nicht, ihn je in so sprudelnder Laune gesehen zu haben. Wieder und wieder kam er darauf zurück, daß er, falls er sicher sein könnte, die Gesellschaft von Professor Moriarty befreit zu haben, seine eigene Karriere frohen Mutes zum Abschluß bringen wollte.

»Ich glaube, ich darf zu behaupten wagen, Watson, daß ich nicht ganz vergeblich gelebt habe«, bemerkte er. »Wenn meine Akte heute abend geschlossen würde, so könnte ich sie dennoch mit Gleichmut betrachten. Die Londoner Luft ist dank meiner Gegenwart milder geworden. Nach über tausend Fällen bin ich mir nicht bewußt, meine Fähigkeiten je auf der falschen Seite eingesetzt zu haben. In letzter Zeit reizt es mich mehr und mehr, die Probleme zu untersuchen, vor welche die Natur uns stellt, statt der oberflächlicheren, für die der künstliche Zustand unserer Gesellschaft verantwortlich ist. Ihre Memoiren werden sich dem Ende zuneigen, Watson, an dem Tage, da ich meine Karriere kröne mit der Ergreifung oder Auslöschung des gefährlichsten und fähigsten Verbrechers in ganz Europa.«

Das wenige, was mir noch zu erzählen bleibt, soll kurz und genau sein. Es ist ein Thema, bei dem ich ungern verweilen möchte, und doch bin ich mir bewußt, daß mir die Pflicht zufällt, kein Detail auszulassen.

Am 3. Mai erreichten wir das kleine Dorf Meiringen, wo wir im ›Englischen Hof‹ abstiegen, der damals von Peter Steiler dem Älteren geführt wurde. Unser Wirt war ein intelligenter Mann und sprach ausgezeichnet Englisch, da er drei Jahre lang als Ober im Grosvenor Hotel in London Dienst getan hatte. Auf seinen Rat hin machten wir uns am Nachmittag des 4. auf in die Berge, in der Absicht, die Nacht in dem Weiler Rosenlaui zu verbringen. Man hatte uns indes dringend eingeschärft, am Reichenbachfall, der etwa auf halbem Wege bergan liegt, unter keinen Umständen vorbeizugehen, sondern den kleinen Umweg zu machen und ihn uns anzusehen.

Es ist in der Tat ein furchterregender Ort. Der vom geschmolzenen Schnee geschwollene Wildbach stürzt in einen gewaltigen Abgrund, aus dem Gischt aufwallt wie Rauch aus einem brennenden Haus. Der Schacht, in den der Fluß sich wirft, ist eine ungeheure, von glänzendem, kohlschwarzem Fels gesäumte Kluft, die in einen schäumenden, brodelnden Kessel von unermeßlicher Tiefe mündet, der überläuft und den Strom über seinen gezackten Rand weiterschleudert. Der unablässig hinabdonnernde grüne Wasserschwall und der unablässig heraufstiebende dichte, wabernde Gischtvorhang machen mit ihrem immerwährenden Wirbeln und Tosen einen Menschen völlig schwindlig. Wir standen nahe am Rand und starrten hinab auf den Schimmer des weit unter uns an den schwarzen Felsen sich brechenden Wassers und lauschten dem halb menschlichen Brüllen, das mit dem Gischt aus dem Abgrund heraufstob.

Der Pfad ist halbwegs um den Fall herum in den Felsen gehauen worden, um einen vollständigen Überblick zu gewähren, doch er endet unvermittelt, und der Wanderer muß zurückkehren, wie er gekommen ist. Wir hatten uns umgewandt, um dies zu tun, als wir einen jungen Schweizer mit einem Brief in der Hand auf uns zulaufen sahen. Der Brief trug den Absender des Hotels, das wir gerade verlassen hatten, und war vom Wirt an mich adressiert. Wie es schien, war ganz wenige Minuten nach unserem Aufbruch eine englische Dame eingetroffen, die sich im letzten Stadium der Schwindsucht befand. Sie hatte in Davos-Platz überwintert und war eben unterwegs gewesen, um ihre Freunde in Luzern zu besuchen, als sie einen plötzlichen Blutsturz erlitt. Man war der Meinung, daß sie kaum noch ein paar Stunden zu leben habe und es ihr ein großer Trost wäre, einen englischen Arzt zu sehen, und ob ich nicht zurückkehren könnte, etc., etc. Der gute Steiler versicherte mir in einem Postskriptum, ich« würde ihm damit einen sehr großen Gefallen erweisen, da die Dame sich entschieden weigere, einen Schweizer Arzt zu sehen, und er werde das Gefühl nicht los, eine große Verantwortung zu tragen.

Der Appell ließ sich nicht ignorieren. Es war unmöglich, die Bitte einer Landsmännin abzuschlagen, die in einem fremden Land im Sterben lag. Doch ich hatte meine Bedenken, Holmes allein zu lassen. Wir kamen jedoch schließlich überein, daß er den jungen Schweizer Boten als Führer und Begleiter bei sich behalten sollte, während ich nach Meiringen zurückkehrte. Mein Freund würde ein Weilchen beim Wasserfall bleiben, sagte er, und dann langsam bergauf nach Rosenlaui wandern, wo ich am Abend wieder zu ihm stoßen sollte. Als ich mich fortwandte, sah ich Holmes mit dem Rücken an einen Felsen gelehnt und mit verschränkten Armen dastehen und auf die schäumenden Wassermassen hinabschauen. Es war das letzte, was ich auf dieser Welt je von ihm sehen sollte.

Als ich dem Fuße des Abstiegs nahe war, blickte ich zurück. Es war von diesem Standort aus unmöglich, den Wasserfall zu sehen, aber ich konnte den gekrümmten Pfad erkennen, der sich über die Schulter des Berges windet und zu ihm hinführt. Ihn entlang lief, wie ich mich erinnere, sehr rasch ein Mann. Deutlich hob sich seine schwarze Gestalt von dem Grün des Hintergrundes ab. Er und die Energie, mit der er ging, fielen mir auf, doch er entschwand meinem Gedächtnis wieder, während ich, meinem Auftrage folgend, weitereilte.

Es mochte ein wenig mehr als eine Stunde vergangen sein, ehe ich Meiringen erreichte. Der alte Steiler stand auf der Veranda seines Hotels.

»Nun«, sagte ich, als ich herangeeilt kam, »ich hoffe doch, ihr Zustand hat sich nicht verschlechtert?«

Erstaunen huschte über sein Gesicht, und beim ersten Zukken seiner Augenbrauen wurde mein Herz in der Brust zu Blei.

»Sie haben das nicht geschrieben?« sagte ich, indem ich den Brief aus der Tasche zog. »Es gibt keine kranke Engländerin im Hotel?«

»Gewiß nicht«, rief er. »Aber das ist ja der Briefkopf des Hotels! Ha! Den muß dieser hochgewachsene Engländer geschrieben haben, der hereinkam, nachdem Sie gegangen waren. Er sagte —«

Doch ich wartete keine von des Wirtes Erklärungen ab. Schon lief ich zitternd vor Angst die Dorfstraße hinab und stürzte dem Pfad zu, den ich vor kurzem erst herabgestiegen war. Ich hatte eine Stunde gebraucht, um herunterzukommen. Trotz all meiner Anstrengungen waren zwei weitere vergangen, ehe ich mich wieder am Reichenbachfall befand. Dort lehnte Holmes' Bergstock immer noch an dem Felsen, wo ich ihn verlassen hatte. Doch von ihm war nichts zu sehen, und mein Rufen war vergeblich. Die einzige Antwort war meine eigene Stimme, die in rollendem Echo von den Felswänden um mich her widerhallte.

Beim Anblick dieses Bergstocks wurde mir kalt und elend. Holmes war also nicht nach Rosenlaui gegangen. Er war auf jenem drei Fuß breiten Pfad geblieben, schieren Fels auf der einen und schieren Abgrund auf der anderen Seite, bis sein Feind ihn eingeholt hatte. Der junge Schweizer war ebenfalls verschwunden. Er hatte wahrscheinlich im Sold von Moriarty gestanden und die beiden Männer allein gelassen. Und dann, was war dann geschehen? Wer sollte uns sagen, was dann geschehen war?

Ich stand ein, zwei Minuten still, um mich zu fassen, denn ich war vom Entsetzen gelähmt. Dann begann ich an Holmes' eigene Methoden zu denken und zu versuchen, sie bei der Deutung dieser Tragödie anzuwenden. Es war, ach!, nur allzu leicht. Während unseres Gesprächs waren wir nicht bis zum Ende des Pfades gegangen, und der Bergstock bezeichnete die Stelle, wo wir gestanden hatten. Die schwärzliche Erde wird vom unablässigen Gischtgestöber ständig feucht und weich gehalten, und ein Vogel würde seinen Abdruck auf ihr hinterlassen. Zwei Linien von Fußspuren zeichneten sich deutlich auf dem entfernten Ende des Pfades ab, beide führten sie von mir weg. Es kehrten keine zurück. Ein paar Yards vor dem Ende war die Erde aufgewühlt zu einem einzigen Morast, und die Brombeersträucher und das Farnkraut, die die Kluft säumten, waren verdreckt und zerrauft. Ich legte mich auf den Bauch und spähte über den Rand, ganz von aufspritzendem Gischt umhüllt. Es war dunkler geworden, seit ich gegangen war, und ich konnte nur da und dort das Glitzern von Feuchtigkeit auf den schwarzen Felsen und weit unten am Grunde des Schachts das Schimmern des zerstiebenden Wassers erkennen. Ich schrie; doch nur das nämliche, halb menschliche Brüllen des Wasserfalls schlug an meine Ohren zurück.

Doch es war mir bestimmt, am Ende noch ein letztes Grußwort von meinem Freund und Kameraden zu erhalten. Ich habe gesagt, daß sein Bergstock stehengelassen worden war, an einen Felsen gelehnt, der in den Pfad hineinragte. Oben von diesem Klotz blitzte mir etwas entgegen, ich griff danach und stellte fest, daß es sein silbernes Zigarettenetui war, das er bei sich zu tragen pflegte. Als ich es aufhob, flatterte ein kleines Papierviereck, das darunter gelegen hatte, zu Boden. Ich faltete es auseinander und stellte fest, daß es drei aus seinem Notizbuch gerissene und und an mich adressierte Blätter waren. Es war charakteristisch für den Mann, daß die Anschrift so präzise

und die Schrift so ruhig und klar war, als hätte er beim Schreiben in seinem Arbeitszimmer gesessen:

Mein lieber Watson, ich schreibe diese wenigen Zeilen dank
der Zuvorkommenheit von Mr. Moriarty, der solange warten
will, bis ich ihm zur Verfügung stehe für die endgültige Berei-
nigung der zwischen uns offengebliebenen Fragen. Er hat mir
einen Überblick über die Methoden gegeben, dank deren er der
englischen Polizei entging und stets über unsere Bewegungen
unterrichtet blieb. Sie bestätigen in der Tat die sehr hohe Meinung, die ich mir von seinen Fähigkeiten gebildet hatte. Zu
wissen, daß ich die Gesellschaft von allen weiteren Auswirkun-
gen seiner Gegenwart befreien kann, ist mir eine Freude, obgleich ich befürchte, daß der Preis dafür meinen Freunden,
und besonders Ihnen, mein lieber Watson, Schmerz bereiten
wird. Ich hatte Ihnen indes bereits erklärt, daß meine Karriere
ohnehin einen Wendepunkt erreicht hat und kein anderer mög-
licher Abschluß angemessener sein könnte als dieser. In der Tat
war ich, wenn ich Ihnen ein volles Geständnis ablegen darf,
durchaus überzeugt, daß der Brief aus Meiringen ein Schwin-
del war, und ich ließ Sie davongehen zu Ihrem Krankenbe-
such in der Gewißheit, daß eine Entwicklung dieser Art folgen
würde. Sagen Sie Inspektor Patterson, daß die Papiere, die er
zur Überführung der Bande benötigt, in Brieffach M. sind,
in einem blauen Umschlag mit der Aufschrift ›Moriarty‹. Ich
habe alle Verfügungen über mein Vermögen getroffen, ehe ich
England verließ, und sie meinem Bruder Mycroft ausgehän-
digt. Bitte richten Sie Mrs. Watson meine Grüße aus, und sei-
en Sie versichert, lieber Freund, ich bleibe

stets der Ihre

Sherlock Holmes

Ein paar Worte mögen genügen, das wenige, was noch bleibt, zu erzählen. Eine Untersuchung durch Experten läßt wenig Zweifel, daß ein Handgemenge zwischen den beiden Männern damit endete – wie es in einer solchen Situation auch kaum anders enden konnte –, daß sie hinuntertaumelten, einer den anderen umklammert haltend. Jeder Versuch, ihre Leichname zu bergen, war absolut hoffnungslos, und dort, tief unten in jenem schrecklichen Kessel voll wirbelndem Wasser und brodelndem Schaum, werden sie für alle Zeiten ruhen: der gefährlichste Verbrecher einer Generation und ihr vornehmster Streiter für das Recht. Der junge Schweizer wurde nie gefunden, und es kann keinen Zweifel daran geben, daß er einer der zahlreichen Agenten war, die in Moriartys Diensten standen. Was die Bande anbelangt, so wird der Öffentlichkeit noch in Erinnerung sein, wie vollständig das Beweismaterial war, das Holmes zur Entlarvung ihrer Organisation zusammengetragen hatte, und wie schwer noch die Hand des Toten auf ihnen lastete. Über ihren schrecklichen Führer kamen während des Verfahrens nur wenige Einzelheiten zutage, und wenn ich nun gezwungen war, eine deutliche Aussage zu seiner Karriere zu machen, so ist das jenen unverständigen Fürsprechern zuzuschreiben, die sich bemüßigt fühlten, sein Andenken aufzupolieren durch Angriffe auf den Mann, der für mich eines bleiben wird: der beste und weiseste Mensch, den ich je gekannt habe.

DAS LEERE HAUS

Im Frühjahr 1894 wurde der Ehrenwerte Ronald Adair unter höchst ungewöhnlichen und unerklärlichen Umständen ermordet: Ganz London interessierte sich für diesen Fall, und die vornehme Welt war bestürzt. Die Öffentlichkeit kennt bereits diejenigen Einzelheiten des Verbrechens, die bei der polizeilichen Untersuchung zum Vorschein kamen, doch wurde hierbei einiges unterdrückt, da der Anklage der Fall so überwältigend klar zu liegen schien, daß sie es nicht für nötig hielt, mit allen Tatsachen herauszurücken. Erst jetzt, nach nahezu zehn Jahren, ist es mir erlaubt, jene fehlenden Glieder beizubringen, die diese bemerkenswerte Kette zu einem Ganzen machen. Das Verbrechen war für mich schon an sich von Interesse, doch war dieses Interesse nichts im Vergleich zu dem Unfaßbaren, das darauf folgte und das mir den größten Schrecken und die größte Überraschung in meinem an Abenteuern reichen Leben bescherte. Selbst jetzt, nach einem so langen Zeitraum, schaudere ich bei dem Gedanken daran und empfinde noch einmal den jähen Strom von Freude, Erstaunen und Ungläubigkeit, der damals meinen Geist vollkommen überschwemmte. Ich sage der Öffentlichkeit, die an jenen flüchtigen Einblikken, die ich ihr gelegentlich in die Gedanken und Taten eines sehr bemerkenswerten Mannes gewährt habe, einiges Interesse gezeigt hat, sie möge mich nicht tadeln, wenn ich mein Wissen nicht mit ihr geteilt habe, denn dies hätte ich für meine oberste Pflicht gehalten, wäre ich nicht durch ein ausdrückliches Verbot aus seinem Munde, das erst am Dritten vorigen Monats aufgehoben wurde, davon abgehalten worden.

Man kann sich vorstellen, daß meine enge Vertrautheit mit

Sherlock Holmes ein tiefes Interesse für das Verbrechen in mir erweckt hatte und daß ich nach seinem Verschwinden niemals versäumte, die verschiedenen Probleme, die an die Öffentlichkeit gelangten, sorgfältig zu studieren. Mehr als einmal versuchte ich gar, zu meiner persönlichen Genugtuung seine Methoden anzuwenden, freilich mit wenig Erfolg. Nichts jedoch reizte mich so sehr wie die Tragödie des Ronald Adair. Als ich die bei der Untersuchung des Mordfalls gemachten Zeugenaussagen las, die zu einem Schuldspruch wegen vorsätzlichen Mordes gegen einen oder mehrere Unbekannte führten, wurde ich des Verlusts, den das Gemeinwesen durch Sherlock Holmes' Tod erlitten hatte, deutlicher als je zuvor gewahr. Diese merkwürdige Affäre wies einige Punkte auf, die ihn, davon war ich überzeugt, ganz besonders gereizt haben würden; und die Bemühungen der Polizei wären von der geübten Beobachtungsgabe und dem scharfen Verstand des vorzüglichsten Kriminalisten Europas unterstützt oder wahrscheinlicher noch vorweggenommen worden. Auf den Wegen zu meinen Hausbesuchen überdachte ich täglich den Fall und fand keine Erklärung, die mir passend zu sein schien. Auf das Risiko hin, eine bereits erzählte Geschichte noch einmal zu erzählen, werde ich nun die Tatsachen rekapitulieren, wie sie der Öffentlichkeit bei Abschluß der Untersuchung bekannt waren.

Der Ehrenwerte Ronald Adair war der zweite Sohn des Grafen von Maynooth, seinerzeit Gouverneur einer der australischen Kolonien. Adairs Mutter war aus Australien zurückgekehrt, um sich am grauen Star operieren zu lassen, und sie wohnte mit ihrem Sohn Ronald und ihrer Tochter Hilda in Park Lane 427. Der Jüngling bewegte sich in der besten Gesellschaft – und hatte, soweit bekannt, weder Feinde noch spezielle Laster. Er war mit Miss Edith Woodley aus Carstairs verlobt gewesen, doch war die Verlobung wenige Monate zuvor in gegenseitigem Einvernehmen gelöst worden; und es gab keinerlei Anzeichen dafür, daß dies irgendein sonderlich tiefes Gefühl hinterlassen hätte. Denn das restliche Leben dieses Mannes bewegte sich in einem engen und herkömmlichen Kreis: Sein Auftreten war ruhig und sein Wesen leidenschaftslos. Und doch ereilte diesen gelassenen jungen Aristokraten der Tod in höchst seltsamer und unerwarteter Form, und zwar zwischen zehn und elf Uhr zwanzig in der Nacht des 30. März 1894.

Ronald Adair spielte gern Karten – er spielte ständig, jedoch nie um Einsätze, die ihm hätten schaden können. Er war Mitglied des Baldwin-, des Cavendish- und Bagatelle-Karten-Clubs. Es erwies sich, daß er am Tage seines Todes nach dem Abendessen im letztgenannten Club einen Robber Whist gespielt hatte. Am Nachmittag hatte er ebenfalls dort gespielt. Nach den Aussagen seiner Mitspieler – Mr. Murray, Sir John Hardy und Colonel Moran – wurde Whist gespielt, und das Kartenglück verteilte sich ziemlich gleichmäßig. Adair mochte fünf Pfund, aber nicht mehr, verloren haben. Sein Vermögen war beträchtlich, und ein solcher Verlust konnte ihn in keiner Weise berühren. Er hatte nahezu täglich in dem einen oder anderen Club gespielt, doch war er ein bedächtiger Spieler und ging gewöhnlich als Gewinner vom Platz. Die Zeugenvernehmung ergab, daß er zusammen mit Colonel Moran vor einigen Wochen bei einer Sitzung runde vierhundertundzwanzig Pfund von Godfrey Milner und Lord Balmoral gewonnen hatte. Soviel zu seiner jüngsten Geschichte, wie sie sich bei der Untersuchung ergab.

Am Abend des Verbrechens kam er um genau zehn Uhr nach Hause. Seine Mutter und seine Schwester waren mit einem

Verwandten ausgegangen. Die Bedienstete sagte unter Eid aus, sie habe ihn das Vorderzimmer im zweiten Stock betreten hören, welches er gewöhnlich als Wohnzimmer benutzte. Sie hätte dort den Kamin angezündet, dieser hätte jedoch geraucht und sie daher ein Fenster geöffnet. Kein Geräusch sei aus dem Zimmer gedrungen, bis um zwanzig nach elf Lady Maynooth und ihre Tochter nach Hause gekommen seien. Diese wollte ihrem Sohn eine gute Nacht wünschen und versuchte, sein Zimmer zu betreten. Die Tür war von innen verschlossen, und ihr Rufen und Klopfen wurde nicht beantwortet. Man holte Hilfe, und die Tür wurde aufgebrochen. Der unglückliche junge Mann lag neben dem Tisch. Sein Kopf war von einer platzenden Revolverkugel gräßlich zerfetzt, doch wurde in dem Zimmer keinerlei Waffe irgendeiner Art gefunden. Auf dem Tisch lagen zwei Zehn-Pfund-Banknoten sowie siebzehn Pfund und zehn in Silber und Gold; das Geld war in kleinen Haufen verschiedener Beträge geordnet. Auf einem Blatt Papier fanden sich dazu einige Ziffern, bei denen die Namen einiger seiner Clubfreunde standen, woraus gefolgert wurde, daß er vor seinem Tode damit beschäftigt war, seine Verluste oder Gewinne beim Kartenspielen zusammenzustellen.

Eine eingehende Untersuchung der Umstände führte lediglich zu einer weiteren Komplizierung des Falles. Vor allem war kein Grund dafür zu finden, warum der junge Mann die Tür von innen verschlossen haben sollte. Man erwog die Möglichkeit, sein Mörder habe dies getan und sei hinterher durch das Fenster entwichen. Dort ging es jedoch mindestens zwanzig Fuß tief hinunter, und unten befand sich ein Krokusbeet in voller Blüte. Weder die Blumen noch die Erde wiesen irgendein Zeichen einer Beeinträchtigung auf, und auf dem schmalen Rasenstreifen, der das Haus von der Straße trennte, waren ebenfalls keine Spuren zu finden. Der junge Mann hatte daher offenbar selbst die Tür verschlossen. Aber wie ereilte ihn der Tod? Niemand konnte zu dem Fenster hinaufgeklettert sein, ohne Spuren zu hinterlassen. Angenommen, jemand hatte durch das Fenster geschossen, so mußte es wahrhaftig ein bemerkenswerter Schütze sein, der mit einem Revolver eine solche tödliche Wunde beizubringen vermochte. Andererseits ist Park Lane eine belebte Durchgangsstraße; hundert Yards vom Haus entfernt befindet sich ein Droschkenstand. Niemand hatte einen Schuß gehört. Und doch gab es den Toten und die Revolverkugel, die sich nach Art von Dumdumgeschossen pilzförmig verformt und so eine Wunde verursacht hatte, die zum sofortigen Tod geführt haben mußte. Soweit die Umstände des Rätsels von der Park Lane, die sich des weiteren durch das völlige Fehlen eines Motivs verkomplizierten, da der junge Adair, wie ich bereits sagte, mutmaßlich keinerlei Feinde hatte und ferner nicht versucht worden war, das Geld oder die Wertsachen aus dem Zimmer zu entfernen.

Den ganzen Tag lang wälzte ich diese Tatsachen in meinem Kopf herum und mühte mich ab, auf eine Theorie zu kommen, die sie alle in Einklang brächte, und jenen Weg des geringsten Widerstandes zu finden, den mein armer Freund für den Ausgangspunkt einer jeden Untersuchung erklärt hatte. Ich gestehe, ich kam nur wenig voran. Am Abend bummelte ich durch den Park und fand mich schließlich gegen sechs Uhr am Oxford-Street-Ende der Park Lane. Eine Gruppe von Müßiggängern, die auf dem Bürgersteig standen und alle zu einem bestimmten Fenster hinaufstarrten, führte mich zu dem Haus, das ich mir hatte ansehen wollen. Ein großer dünner Mann mit Sonnenbrille, der mir sehr verdächtig nach einem Polizisten in Zivil aussah, erläuterte eine selbstgebastelte Theorie, während die anderen ihn umdrängten, um seinen Worten zu lauschen. Ich näherte mich ihm, so gut ich konnte, doch schienen mir seine Bemerkungen absurd, und ich zog mich mit einigem Widerwillen zurück. Dabei stieß ich gegen einen ältlichen verwachsenen Mann, der hinter mir gestanden hatte, und mehrere Bücher, die er getragen, fielen zu Boden. Ich erinnere mich, daß mir, als ich sie aufhob, ein Titel in die Augen sprang: *Der Baumkultus*, und daß mir der Gedanke kam, dieser Bursche müsse ein armer Büchernarr sein, der entweder handelsmäßig oder als Steckenpferd obskure Bücher sammelte. Ich entschuldigte mich geflissentlich für den Unfall, doch waren diese Bücher, die ich so unglücklich mißhandelt hatte, in den Augen ihres Besitzers offenbar sehr kostbare Gegenstände. Mit verächtlichem Knurren wandte er sich um, und ich sah seinen krummen Rücken und seinen weißen Backenbart im Gedränge verschwinden.

Meine Beobachtungen am Hause Park Lane No. 427 brachten mich bei der Klärung des Problems, für das ich mich interessierte, nicht viel weiter. Das Haus war von der Straße durch eine niedrige Mauer plus Zaun getrennt, das Ganze nicht höher als fünf Fuß, so daß jedermann ohne weiteres in den Garten gelangen konnte. Aber das Fenster war vollkommen unerreichbar, da es weder ein Wasserrohr noch sonst irgend etwas gab, was auch einem behenden Manne zum Hinaufklettern hätte dienen können. Verwirrter als je zuvor lenkte ich meine Schritte nach Kensington zurück. Ich war noch keine fünf Minuten in meinem Arbeitszimmer, als das Dienstmädchen eintrat und eine Person meldete, die mich zu sehen verlangte. Zu meinem Erstaunen war dies niemand anders als mein sonderbarer alter Büchersammler: Sein scharfes verhutzeltes Gesicht schaute aus einem Rahmen weißen Haares heraus, und unter seinen rechten Arm geklemmt trug er mindestens ein Dutzend seiner kostbaren Bücher.

»Sie sind überrascht, mich zu sehen, Sir«, sagte er mit seltsam krächzender Stimme.

Ich bestätigte dies.

»Nun, ich habe ein Gewissen, Sir, und als ich Sie zufällig in dieses Haus gehen sah, als ich Ihnen nachhumpelte, dachte ich bei mir, ich sollte gleich hinterhergehen und diesen freundlichen Herrn besuchen und ihm sagen, daß, wenn ich mich vorhin ein wenig barsch benommen habe, dies nicht böse gemeint war, und ich mich ihm für das Aufheben meiner Bücher sehr verpflichtet fühle.«

»Sie machen zuviel Aufhebens von dieser Kleinigkeit«, sagte ich. »Darf ich fragen, woher Sie wußten, wer ich bin?«

»Nun, Sir, falls ich mir keine allzu große Freiheit herausnehme: Ich bin Ihr Nachbar, denn Sie werden meinen kleinen Buchladen an der Ecke Church Street finden, und gewiß mit Vergnügen. Womöglich sammeln Sie ja selbst, Sir. Ich habe hier *Die Vögel Englands* und *Catullus* und *Der Heilige Krieg* – jedes einzelne ein Sonderangebot. Mit fünf Bänden könnten Sie diese Lücke dort auf dem zweiten Regal genau ausfüllen. Sie sieht doch zu unordentlich aus, nicht wahr, Sir?«

Ich wandte meinen Kopf, um den Schrank hinter mir zu betrachten. Als ich mich wieder umdrehte, stand Sherlock Holmes hinter meinem Arbeitstisch und lächelte mich an. Ich sprang auf, starrte ihn einige Sekunden in höchster Verblüffung an, und dann muß ich wohl zum ersten und letzten Mal in meinem Leben in Ohnmacht gefallen sein. Auf jeden Fall wirbelte ein grauer Nebel vor meinen Augen, und als er sich aufklärte, fand ich meinen Kragen offen und spürte den leicht brennenden Nachgeschmack von Brandy auf meinen Lippen.

Holmes beugte sich über meinen Sessel, sein Fläschchen in der Hand.

»Mein lieber Watson«, sagte die wohlbekannte Stimme, »ich muß Sie tausendmal um Verzeihung bitten. Ich hatte keine Ahnung, daß Sie das so angreifen würde.«

Ich ergriff ihn bei den Armen.

»Holmes!« rief ich. »Sind Sie es wirklich? Kann es denn sein, daß Sie am Leben sind? Ist es möglich, daß Sie diesem furchtbaren Abgrund entklettern konnten?«

»Halten Sie einen Augenblick ein« sagte er. »Sind Sie sicher, daß Sie wirklich stark genug sind, um dergleichen zu erörtern? Ich habe Ihnen durch mein unnötig dramatisches Wiedererscheinen einen ernsten Schock versetzt.«

»Mir geht es gut, aber wahrhaftig, Holmes, ich mag kaum meinen Augen trauen. Gütiger Himmel! Der Gedanke, daß Sie – ausgerechnet Sie – in meinem Arbeitszimmer stehen sollten!« Wieder packte ich ihn beim Ärmel und fühlte darunter seinen dünnen sehnigen Arm. »Nun, jedenfalls sind Sie kein Geist«, sagte ich. »Mein lieber Freund, ich bin überglücklich, Sie zu sehen. Setzen Sie sich, und erzählen Sie mir, wie Sie dieser schrecklichen Schlucht lebendig entrinnen konnten.«

Er nahm mir gegenüber Platz und entzündete auf seine alte nonchalante Art eine Zigarette. Er trug noch den schäbigen Gehrock des Buchhändlers, der Rest dieses Individuums aber lag in einem Haufen weißen Haars und alter Bücher auf dem Tisch. Holmes wirkte noch dünner und feiner als früher, aber auf seinem Gesicht lag ein Hauch von Totenblässe, die mir sagte, daß er in letzter Zeit kein gesundes Leben geführt hatte.

»Ich bin froh, mich strecken zu können, Watson«, sagte er. »Es ist kein Spaß für einen großen Mann, wenn er sich stundenlang hintereinander einen Kopf kleiner machen muß. Nun, mein lieber Freund, im Zuge dieser Erklärungen haben wir, wenn ich um Ihre Mitarbeit bitten darf, eine schwere und gefährliche nächtliche Arbeit vor uns. Ich sollte Ihnen vielleicht den ganzen Stand der Dinge lieber erst dann berichten, wenn diese Arbeit vollendet ist.«

»Ich bin überaus neugierig. Viel lieber möchte ich es jetzt hören.«

»Sie begleiten mich heut nacht?«

»Wann Sie wollen und wohin Sie wollen.«

»Wahrlich wie in alten Zeiten. Wir werden noch Zeit haben, einen Happen zum Abendessen einzunehmen, ehe wir gehen müssen. Nun also zu jener Schlucht. Ich hatte keine ernstlichen Schwierigkeiten, dort herauszukommen, und zwar aus dem sehr einfachen Grund, weil ich nie darin gewesen bin.«

»Sie sind nie darin gewesen?«

»Allerdings, Watson, ich bin nie darin gewesen. Meine Nachricht an Sie war völlig ernst gemeint. Ich hatte kaum einen Zweifel, daß ich ans Ende meiner Karriere gelangt war, als ich die ziemlich finstre Gestalt des verstorbenen Professors Moriarty auf dem schmalen Pfad stehen sah, der auf sicheres Gelände führte. Ich las einen unumstößlichen Entschluß in seinen grauen Augen. Ich wechselte daher einige Bemerkungen mit ihm und erhielt seine freundliche Erlaubnis, die kurze Nachricht zu schreiben, die Sie dann später erhielten. Ich hinterließ sie mit meinem Zigarettenetui und meinem Stock und schritt über den Pfad, wobei mir Moriarty auf den Fersen folgte. Als ich ans Ende gelangte, war ich in die Enge getrieben. Er zog keine Waffe, sondern stürzte sich auf mich und schlang seine langen Arme um mich. Er wußte, daß er ausgespielt hatte, und war nur darauf aus, sich an mir zu rächen. Wir taumelten zusammen am Rande des Abgrunds. Ich besitze jedoch einige Erfahrung im Baritsu, dem japanischen System des Ringkampfes, das mir schon mehr als einmal höchst nützlich gewesen ist. Ich entwand mich seinem Griff, und er strampelte mit entsetzlichem Kreischen einige Sekunden lang wie wahnsinnig herum und hieb mit beiden Händen in die Luft. Doch all seinen Anstrengungen zum Trotz vermochte er sein Gleichgewicht nicht wiederzufinden und stürzte ab. Ich hatte mich über den Rand vorgeschoben und sah ihn lange Zeit fallen. Dann streifte er einen Felsen, prallte ab und klatschte ins Wasser.«

Dieser Erklärung, die Holmes zwischen den Zügen an seiner Zigarette abgab, lauschte ich voller Erstaunen.

»Aber die Spuren!« rief ich. »Ich habe mit meinen eigenen Augen gesehen, daß zwei den Pfad hinabgingen und keine zurückkam.«

»Dies kam so zustande: In dem Augenblick, da der Professor verschwunden war, kam mir der Gedanke, welch einen wirklich außerordentlich glücklichen Zufall mir das Schicksal beschert hatte. Ich wußte, daß Moriarty nicht der einzige war, der mir den Tod zugeschworen hatte. Es gab noch mindestens drei weitere Männer, deren Verlangen, sich an mir zu rächen, durch den Tod ihres Anführers nur noch gesteigert worden wäre. Sie waren allesamt sehr gefährlich. Der eine oder andere würde mich bestimmt erwischen. Andererseits, wenn die ganze Welt von meinem Tod überzeugt wäre, würden diese Männer sich Freiheiten herausnehmen, sich unverhohlen zeigen, und früher oder später könnte ich sie vernichten. Erst dann dürfte ich der Welt verkünden, daß ich noch unter den Lebenden weile. So rasch arbeitet das Gehirn, daß ich glaube, ich habe all dies zu Ende gedacht, noch ehe Professor Moriarty den Grund des Reichenbach-Falles erreicht hatte.

Ich stand auf und untersuchte die Felswand hinter mir. In Ihrem pittoresken Bericht von der Sache, den ich einige Monate später mit großem Interesse las, behaupten Sie, die Wand steige senkrecht an. Das stimmt nicht ganz. Ein paar kleine Haltepunkte boten sich an, und auch ein Vorsprung zeichnete sich ab. Der Fels ist so hoch, daß es eine offenbare Unmöglichkeit war, ihn ganz zu erklettern, und gleichermaßen unmöglich war es für mich, den nassen Pfad zu beschreiten, ohne Spuren zu hinterlassen. Ich hätte natürlich rückwärts gehen können, wie ich es bei ähnlichen Gelegenheiten bereits getan habe, doch hätte der Anblick von drei Spuren in einer Richtung bestimmt auf ein Täuschungsmanöver schließen lassen. Im ganzen tat ich daher am besten, die Kletterei zu riskieren. Kein angenehmes Geschäft, Watson. Unter mir toste der Wasserfall. Ich bin kein Phantast, aber ich gebe Ihnen mein Wort, daß ich Moriartys Stimme aus dem Abgrund zu mir hinaufschreien zu hören glaubte. Ein Fehltritt wäre tödlich gewesen. Mehr als einmal, wenn ich plötzlich Grasbüschel in der Hand hielt oder meine Füße in den feuchten Felsritzen abglitten, dachte ich, dies sei das Ende. Aber ich kämpfte mich nach oben, und endlich erreichte ich einen mehrere Fuß tiefen Vorsprung, der mit weichem grünem Moos bedeckt war; dort konnte ich ungesehen und in vollkommenster Bequemlichkeit liegenbleiben. Und dort lag ich, als Sie, mein lieber Watson, und Ihr ganzes Gefolge auf so überaus teilnahmsvolle wie fruchtlose Weise die Umstände meines Ablebens untersuchten.

Nachdem Sie schließlich Ihre zwangsläufigen und völlig irrigen Schlüsse gezogen hatten, gingen Sie wieder zum Hotel, und ich blieb alleine zurück. Ich hatte mir eingebildet, ans Ende meines Abenteuers gekommen zu sein, doch ein durchaus unerwarteter Vorfall zeigte mir, daß mir noch einige Überraschungen bevorstünden. Ein riesiger Felsbrocken stürzte von oben herab, schlug auf den Pfad und sprang in den Schlund hinab. Einen Augenblick lang hielt ich dies für einen Zufall, doch einen Moment später erblickte ich, als ich nach oben sah, den Kopf eines Mannes vor dem dämmernden Himmel, und ein weiterer Stein schlug auf den Vorsprung, auf dem ich ausgestreckt lag, einen Fuß von meinem Kopf entfernt auf. Natürlich war klar, was das zu bedeuten hatte. Moriarty war nicht allein gewesen. Ein Komplice – und schon dieser eine flüchtige Blick hatte mir gezeigt, was für ein gefährlicher Mann dieser Komplice war – hatte Wache gehalten, als der Professor mich ergriff. Er war aus der Ferne, von mir unbemerkt, zum Zeugen des Todes seines Freundes und meiner Flucht geworden. Er hatte gewartet, war dann hinten herum auf den Gipfel des Felsens gestiegen und trachtete nun danach, dasjenige zu Ende zu bringen, was seinem Kameraden mißlungen war.

Mir blieb nicht viel Zeit, um darüber nachzudenken, Watson. Wieder sah ich das grimme Gesicht über den Felsen blikken, und ich wußte, daß dies der Vorbote eines weiteren Steines sei. Ich hangelte mich auf den Pfad hinunter. Ich denke nicht, daß ich dies ruhigen Blutes fertiggebracht hätte. Es war noch hundertmal schwieriger als der Aufstieg. Aber ich hatte keine Zeit, die Gefahr zu bedenken, denn wieder sauste ein Stein an mir vorbei, während ich an meinen Händen vom Rand des Vorsprungs herabhing. Auf halbem Wege rutschte ich ab, landete aber, dank Gottes Gnade, geschunden und blutend auf dem Pfad. Ich machte mich aus dem Staub, schaffte zehn Meilen im Dunkeln über die Berge, und eine Woche später war ich in Florenz, mit der Gewißheit, daß niemand auf der Welt wußte, was aus mir geworden war.

Ich hatte nur einen Vertrauten – meinen Bruder Mycroft. Ich muß Sie vielmals um Vergebung bitten, mein lieber Watson, aber es war überaus wichtig, daß man mich für tot hielt, und es steht fest, daß Sie zu keinem so überzeugenden Bericht von meinem unglücklichen Ende fähig gewesen wären, wenn Sie selbst es nicht für wahr gehalten hätten. Im Verlauf der letzten drei Jahre habe ich mehrmals zur Feder gegriffen, um Ihnen zu schreiben, doch fürchtete ich stets, Ihre liebevolle Hochschätzung meiner Person möchte Sie zu einer Indiskretion verleiten, die mein Geheimnis verriete. Aus diesem Grunde wandte ich mich heut abend, als Sie meine Bücher zu Boden warfen, von Ihnen weg, denn ich war zu dieser Zeit in Gefahr, und jegliches Zeichen von Überraschung oder Bewegung Ihrerseits hätte die Aufmerksamkeit auf meine Identität lenken und zu den bedauerlichsten und nie wiedergutzumachenden Folgen führen können. Was Mycroft betrifft, so mußte ich ihm mein Vertrauen schenken, um das Geld, dessen ich bedurfte, zu erhalten. Die Ereignisse in London verliefen nicht so gut, wie ich gehofft hatte, denn der Prozeß gegen die Moriarty-Bande ließ zwei ihrer gefährlichsten Mitglieder, meine rachsüchtigsten Feinde, auf freiem Fuß. Ich bereiste daher zwei Jahre lang Tibet und vertrieb mir die Zeit, indem ich Lhasa besuchte und einige Tage bei dem Oberlama verbrachte. Sie haben vielleicht von den bemerkenswerten Forschungsreisen eines Norwegers namens Sigerson gelesen, doch bin ich sicher, daß Ihnen dabei nie der Gedanke gekommen ist, Sie erhielten Nachrichten von Ihrem Freund. Darauf zog ich durch Persien, sah mir Mekka an und stattete dem Kalifen von Khartum einen kurzen, aber interessanten Besuch ab, von dessen Ergebnissen ich dem Außenministerium berichtet habe. Ich kehrte nach Frankreich zurück und verbrachte einige Monate mit einer Forschungsarbeit über die Derivate des Kohlenteers, die ich in einem Laboratorium in Montpellier in Südfrankreich durchführte. Nachdem ich dies zu meiner Befriedigung abgeschlossen und erfahren hatte, daß jetzt nur noch einer meiner Feinde in London weilte, stand ich kurz davor, zurückzukehren; und meine Bewegungen beschleunigten sich noch, als die Nachrichten von diesem so merkwürdigen Rätsel von Park Lane eintrafen, das mich nicht nur um seiner selbst willen reizte, sondern mir auch einige höchst eigentümliche private Gelegenheiten zu bieten schien. Ich reiste auf der Stelle nach London, sprach persönlich in Baker Street vor, versetzte Mrs. Hudson in heftige Hysterie und stellte fest, daß Mycroft meine Zimmer und meine Papiere genau in dem Zustand bewahrt hatte, wie sie immer gewesen waren. Und so kam es, mein lieber Watson, daß ich mich heute um zwei Uhr in meinem alten Lehnstuhl in meinem alten Zimmer fand, wobei ich nur noch den einen Wunsch hatte, ich könnte meinen alten Freund Watson in dem anderen Sessel sehen, den er so oft geziert hatte.«

Soweit seine merkwürdige Erzählung, der ich an jenem Aprilabend lauschte – eine Erzählung, die ich für vollkommen unglaublich gehalten hätte, wäre sie nicht durch den konkreten Anblick der großen hageren Gestalt und des scharfen gespannten Gesichts bestätigt worden, das ich nie wiederzusehen geglaubt hatte. Von meinem eigenen schmerzlichen Verlust hatte er irgendwie erfahren, und sein Mitgefühl zeigte sich eher in seinem Gebaren als in seinen Worten. »Arbeit ist das beste Mittel gegen den Schmerz, mein lieber Watson«, sagte er; »und ich habe heut nacht für uns beide ein Stück Arbeit, das, wenn wir es zu einem erfolgreichen Abschluß führen können, schon für sich allein das Leben eines Menschen auf diesem Planeten rechtfertigen würde.« Vergeblich bat ich ihn, mir mehr davon zu sagen. »Sie werden noch vor dem Morgen genug zu hören und zu sehen bekommen«, erwiderte er. »Wir haben drei Jahre der Vergangenheit zu erörtern. Dies sollte bis um halb zehn reichen, wenn wir uns an das denkwürdige Abenteuer des leeren Hauses begeben werden.«

Es war tatsächlich wie in alten Zeiten, als ich mich zur angegebenen Stunde neben ihm in einem Hansom fand, den Revolver in meiner Tasche und das Prickeln des Abenteuers in meinem Herzen. Holmes war kühl, ernst und stumm. Wenn der Schein der Straßenlaternen auf seine strengen Züge fiel, sah ich, daß seine Brauen gedankenvoll herabgezogen und seine dünnen Lippen verkniffen waren. Ich wußte nicht, was für ein wildes Tier wir im finstern Dschungel des kriminellen London aufspüren würden, doch zeigte mir das Verhalten dieses Meisterjägers deutlich an, daß dies ein höchst bedenkliches Abenteuer war – während das sardonische Grinsen, das gelegentlich seine asketische düstere Miene durchbrach, dem Gegenstand unserer Suche wenig Gutes verhieß.

Ich hatte mir eingebildet, wir führen zur Baker Street, aber Holmes ließ die Droschke an der Ecke Cavendish Square anhalten. Ich beobachtete, daß er beim Aussteigen stark suchend nach rechts und links blickte, und an jeder folgenden Straßenecke gab er sich die äußerste Mühe, sich zu vergewissern, daß er nicht verfolgt würde. Unser Weg war in der Tat eigenartig. Holmes besaß außerordentliche Kenntnisse der Nebenstraßen Londons, und bei dieser Gelegenheit ging er zügig und gewissen Schritts durch ein Gewirr von Ställen und Stallungen, von deren Vorhandensein ich nicht einmal gewußt hatte. Endlich kamen wir auf einer kleinen Straße heraus, die von alten düsteren Häusern gesäumt war und uns zur Manchester Street und von dort zur Blandford Street führte. Hier wandte er sich rasch in einen schmalen Gang, ging durch ein hölzernes Tor in einen verlassenen Hof und öffnete sodann mit einem Schlüssel die Hintertür eines Hauses. Wir traten zusammen ein, und er schloß hinter uns ab.

Drinnen war es pechfinster, aber mir war klar, daß dies ein leerstehendes Haus war. Unsere Füße knarrten und knackten auf den nackten Dielen, und meine ausgestreckte Hand berührte eine Wand, von der die Tapete in Streifen herunterhing. Holmes' kalte dünne Finger schlossen sich um mein Handgelenk und führten mich einen langen Flur hinab, bis ich über einer Tür undeutlich ein trübes Oberlicht ausmachte. Hier wandte sich Holmes plötzlich nach rechts, und dann standen wir in einem großen, quadratischen leeren Zimmer; die Ecken lagen in tiefen Schatten, während es in der Mitte vom Schein der Straßenlaternen draußen schwach erleuchtet wurde. Eine Lampe gab es nicht, und das Fenster war dick mit Staub bedeckt, so daß wir gerade eben unsere Gestalten zu unterscheiden vermochten. Mein Gefährte legte mir seine Hand auf die Schulter und führte seine Lippen dicht an mein Ohr.

»Wissen Sie, wo wir sind?« flüsterte er.

»Gewiß in der Baker Street«, antwortete ich, indem ich aus dem trüben Fenster starrte.

»Genau. Wir befinden uns im Camden House, gegenüber unserer alten Wohnung.«

»Aber wieso sind wir hier?«

»Weil sich von hier ein so hervorragender Blick auf jenes malerische ehrwürdige Gebäude bietet. Mein lieber Watson, wollen Sie sich bitte bemühen, ein wenig näher ans Fenster zu treten; sehen Sie sich aber sehr vor, daß Sie sich nicht zeigen, und blicken Sie dann hoch zu unseren alten Zimmern – dem Ausgangspunkt so vieler unserer kleinen Abenteuer. Wir wollen doch einmal sehen, ob meine dreijährige Abwesenheit mich vollständig der Macht beraubt hat, Sie zu überraschen.«

Ich schlich mich nach vorn und sah zu dem vertrauten Fenster hinüber. Als mein Blick darauf fiel, verschlug es mir vor Verblüffung den Atem, und ich schrie auf. Die Jalousie war herabgezogen, und im Zimmer brannte helles Licht. Der Schatten eines Mannes, der drinnen in seinem Sessel saß, fiel in scharfer schwarzer Silhouette auf die erleuchtete Fensterscheibe. Die Kopfhaltung, die eckigen Schultern, die scharfgeschnittenen Züge ließen keinen Zweifel. Das Gesicht war halb abgewandt, und das Ganze wirkte wie einer jener schwarzen Scherenschnitte, die unsere Großeltern so gerne anfertigten. Es war ein perfektes Abbild von Holmes. So verblüfft war ich, daß ich meine Hand ausstreckte, um mich zu vergewissern, daß der Mann selbst neben mir stehe. Er bebte vor stummem Gelächter.

»Nun?« sagte er.

»Gütiger Himmel!« rief ich. »Das ist grandios!«

»Getrost, nicht kann mich Alter hinwelken, täglich Sehn an mir nicht stumpfen die immerneue Reizung«, sagte er, und ich bemerkte in seiner Stimme den Stolz und die Freude, die der Künstler über seine Schöpfung empfindet. »Es ist mir wirklich ziemlich ähnlich, nicht wahr?«

»Ich würde jederzeit schwören, daß Sie es seien.«

»Das Lob für die Ausführung gebührt Monsieur Oscar Meunier aus Grenoble, der einige Tage über der Verfertigung der Gußform hinbrachte. Es ist eine Wachsbüste. Das übrige arrangierte ich selbst heute nachmittag bei meinem Besuch in Baker Street.«

»Aber warum?«

»Weil ich, mein lieber Watson, denkbar besten Grund zu

dem Wunsche hatte, gewisse Leute möchten glauben, ich sei dort, während ich in Wirklichkeit woanders bin.«

»Und Sie glaubten, die Zimmer würden beobachtet?«

»Ich *wußte*, sie wurden beobachtet.«

»Von wem?«

»Von meinen alten Feinden, Watson. Von der reizenden Gesellschaft, deren Anführer im Reichenbach-Fall liegt. Sie müssen bedenken, daß sie, und nur sie, wußten, daß ich noch am Leben war. Und sie glaubten, früher oder später würde ich in meine Wohnung zurückkehren. Sie beobachteten sie ununterbrochen, und heute morgen sahen sie mich ankommen.«

»Wie können Sie das wissen?«

»Weil ich ihren Posten erkannt habe, als ich aus dem Fenster blickte. Ein reichlich harmloser Bursche, Parker mit Namen, Straßenräuber von Beruf, ein bemerkenswerter Künstler auf der Maultrommel. Aus ihm machte ich mir nichts. Sehr viel aber machte ich mir aus dem wesentlich bedrohlicheren Menschen hinter ihm, dem Busenfreund Moriartys, dem Manne, der die Steine über den Felsen geworfen hat, dem gerissensten und gefährlichsten Kriminellen Londons. Dies ist der Mann, der heut nacht hinter mir her ist, Watson, und dies ist der Mann, der völlig ahnungslos ist, daß wir hinter *ihm* her sind.«

Nach und nach enthüllten sich die Pläne meines Freundes. Von diesem günstigen Schlupfwinkel aus wurden die Beobachter beobachtet und die Verfolger verfolgt. Jener kantige Schatten dort drüben war der Köder, und wir waren die Jäger. Schweigend standen wir zusammen in der Dunkelheit und beobachteten die hastenden Gestalten, die vor uns hin- und herliefen. Holmes war stumm und reglos; doch konnte ich erkennen, daß er sehr wachsam war und seine Blicke konzentriert auf den Strom der Passanten gerichtet waren. Es war eine rauhe und stürmische Nacht, und der Wind pfiff schrill die lange Straße hinab. Viele Leute gingen hin und her, die meisten in Mäntel und Krawatten eingemummt. Ein- oder zweimal kam es mir so vor, als hätte ich dieselbe Gestalt schon einmal gesehen, und besonders fielen mir zwei Männer auf, die sich anscheinend im Eingang eines Hauses ein Stück weiter oben auf der Straße vor dem Wind zu schützen suchten. Ich versuchte, die Aufmerksamkeit meines Gefährten auf sie zu lenken; er aber brummte mich unwillig an und starrte weiter auf die Straße hinaus. Mehr als einmal scharrte er mit den Füßen und klopfte fahrig mit den Fingern an die Wand. Mir war klar, daß er unruhig wurde und daß seine Pläne nicht ganz wie gehofft aufgingen. Als schließlich Mitternacht herankam und sich die Straße allmählich leerte, schritt er in unbeherrschter Erregung im Zimmer auf und ab. Gerade wollte ich etwas zu ihm sagen, als ich meinen Blick zu dem beleuchteten Fenster erhob und wieder eine fast so große Überraschung wie vorhin erlebte. Ich packte Holmes beim Arm und zeigte nach oben.

»Der Schatten hat sich bewegt!« rief ich.

In der Tat war uns jetzt nicht mehr das Profil, sondern der Rücken zugewandt.

Drei Jahre hatten offenbar nicht genügt, die Schroffheit seines Wesens zu glätten oder seine Ungeduld mit einer weniger regen Intelligenz als der seinen zu mildern.

»Natürlich hat er sich bewegt«, sagte er. »Als ob ich ein so lächerlicher Stümper wäre, Watson, eine offensichtliche Attrappe aufzustellen und zu erwarten, einer der scharfsinnigsten Männer Europas würde sich davon täuschen lassen! Wir sind jetzt zwei Stunden in diesem Zimmer, und Mrs. Hudson hat jene Gestalt achtmal umgerückt, das heißt, alle Viertelstunden einmal. Sie macht das von vorne, so daß ihr Schatten nie gesehen werden kann. Ah!« Er machte einen heftigen aufgeregten Atemzug. In dem trüben Licht sah ich seinen Kopf nach vorne gereckt, seine ganze Haltung starr vor Konzentration. Die Straße draußen war vollkommen verlassen. Jene beiden Männer mochten noch immer in dem Eingang kauern, doch konnte ich sie nicht mehr sehen. Alles war ruhig und finster, bis auf die eine strahlend gelbe Fensterscheibe vor uns mit der schwarzen Silhouette in der Mitte. Wieder vernahm ich in der absoluten Stille jenen dünnen zischenden Laut, der von äußerster unterdrückter Aufregung kündete. Einen Augenblick später zog er mich in die schwärzeste Ecke des Zimmers zurück, und ich spürte seine warnende Hand auf meinen Lippen. Die Finger, die mich umklammert hielten, zitterten. Nie hatte ich meinen Freund in erregterem Zustand gekannt, und doch lag die dunkle Straße noch immer einsam und bewegungslos vor uns.

Plötzlich aber gewahrte ich, was seine schärferen Sinne schon längst bemerkt hatten. Ein leises verstohlenes Geräusch drang an meine Ohren, und zwar nicht von der Baker Street her, sondern aus dem hinteren Teil eben des Hauses, in welchem wir uns verborgen hielten. Eine Tür ging auf und wieder zu. Einen Augenblick darauf schlichen Schritte den Gang entlang – Schritte, die leise sein sollten, die aber laut durch das leere Haus hallten. Holmes kauerte sich mit dem Rücken zur Wand, und ich tat desgleichen; meine Hand schloß sich um den Griff meines Revolvers. Ich starrte in das Dämmerlicht und sah den verschwommenen Umriß eines Mannes, der noch einen Hauch schwärzer war als die Schwärze der offenen Tür. Dort blieb er kurz stehen, um dann gebückt und bedrohlich in das Zimmer zu schleichen. Seine finstere Gestalt war keine drei Yards von uns entfernt, und ich hatte mich gewappnet, seinem Ansprung zu begegnen, bis ich erkannte, daß er von unserer Anwesenheit keine Ahnung hatte. Er ging dicht an uns vorbei, stahl sich zum Fenster und schob es sehr sachte und geräuschlos einen halben Fuß hoch. Als er sich auf die Höhe dieser Öffnung niederbeugte, fiel das nun nicht mehr von dem verstaubten Glase getrübte Licht der Straße voll auf sein Gesicht. Der Mann schien außer sich vor Erregung. Seine Augen glommen wie zwei Sterne, und krampfhaft arbeiteten seine Züge. Er war ein älterer Mann mit einer dünnen hervorspringenden Nase, hoher kahler Stirn und einem gewaltigen grauen Schnauzbart. Seinen *chapeau claque* hatte er auf den Hinterkopf geschoben, und aus seinem offenen Mantel schimmerte ein Frackhemd hervor. Sein Gesicht war hager, dunkelhäutig und von tiefen wilden Furchen durchzogen. In einer Hand trug er etwas, das ein Stock zu sein schien; doch als er es auf den Boden legte, ertönte ein metallisches Geräusch. Dann zog er einen sperrigen Gegenstand aus seiner Manteltasche und machte sich damit zu schaffen, was mit einem lauten, scharfen Klicken endete, als ob eine Feder oder ein Bolzen eingeschnappt wäre. Noch immer auf dem Boden kniend beugte er sich vor und drückte mit seinem ganzen Gewicht und aller Kraft auf irgendeinen Hebel, worauf ein langgezogenes, wirbelndes knirschendes Geräusch entstand, das wiederum mit einem kräftigen Klicken endete. Dann richtete er sich auf, und ich sah, daß er eine Art Gewehr mit sonderbar unförmigem Kolben in der Hand hielt. Er öffnete den Verschluß, steckte etwas hinein und ließ das Schloß zuschnappen. Dann kauerte er sich nieder und legte das Ende des Laufs auf den Sims des offenen Fensters, und ich sah seinen langen Schnauzbart über den Schaft fallen und sein Auge funkeln, als er durch das Visier spähte. Ich hörte einen kurzen Seufzer der Befriedigung, als er den Kolben an seine

Schulter drückte und jene erstaunliche Zielscheibe, den schwarzen Mann auf gelbem Hintergrund, deutlich über dem Korn stehen sah. Einen Augenblick lang verharrte er starr und reglos. Dann spannte sich sein Finger um den Abzug. Es folgte ein seltsames lautes Schwirren, dann das langgezogene silbrige Klirren von splitterndem Glas. In diesem Moment sprang Holmes wie ein Tiger dem Schützen in den Rücken und warf ihn flach aufs Gesicht. Der aber kam gleich wieder hoch und packte Holmes mit krampfhafter Kraft bei der Kehle. Doch ich hieb ihm den Kolben meines Revolvers auf den Kopf, und er fiel wieder auf den Boden. Ich stürzte mich auf ihn, und während ich ihn festhielt, stieß mein Genosse ein gellendes Pfeifsignal aus. Auf dem Pflaster ertönte das Getrappel heraneilender Füße, und dann kamen zwei Polizisten in Uniform und ein Detektiv in Zivil durch den Vordereingang und ins Zimmer gerannt.

»Sind Sie es, Lestrade?« fragte Holmes.

»Ja, Mr. Holmes. Ich habe die Sache selbst in die Hand genommen. Schön, Sie wieder in London zu sehen, Sir.«

»Ich denke, Sie benötigen ein wenig inoffizielle Hilfe. Drei unentdeckte Morde in einem Jahr – das geht nicht, Lestrade. Aber das Molesey-Rätsel haben Sie nicht mit der Ihnen eigenen – soll heißen, Sie haben es recht ordentlich behandelt.«

Wir hatten uns alle erhoben, unser Gefangener stand schwer atmend zwischen zwei stämmigen Polizisten. Schon hatten sich auf der Straße ein paar Bummelanten zu sammeln begonnen. Holmes trat ans Fenster, machte es zu und zog die Jalousien herunter. Lestrade hatte zwei Kerzen hervorgeholt und die Polizisten ihre Lampen enthüllt. Endlich war ich in der Lage, mir unseren Gefangenen eingehend zu betrachten.

Es war ein äußerst männliches und doch finsteres Gesicht,

das sich uns zuwandte. Mit der Stirn eines Philosophen oben und dem Kinn eines Lüstlings unten, mußte der Mann mit großen Talenten für das Gute oder das Böse begonnen haben. Doch konnte man seine grausamen blauen Augen mit ihren hängenden zynischen Lidern oder seine böse aggressive Nase und die bedrohlich gefurchte Stirn nicht ansehen, ohne darin die deutlichsten Gefahrensignale der Natur zu erblicken. Er nahm von keinem von uns Notiz, sein Blick war einzig auf Holmes' Gesicht geheftet, mit einem Ausdruck, in dem Haß und Erstaunen zu gleichen Teilen gemischt waren. »Sie Teufel!« murmelte er fortwährend. »Sie schlauer, schlauer Teufel!«

»Ah, Colonel!« sagte Holmes, indem er seinen verknüllten Kragen ordnete. »›Wie sich mal wieder Herz zum Herzen findet‹, wie es in dem alten Stück heißt. Ich glaube nicht, daß ich das Vergnügen hatte, Sie zu sehen, seit Sie mich mit jenen Aufmerksamkeiten bedachten, als ich auf dem Vorsprung über dem Reichenbach-Fall lag.«

Der Colonel starrte meinen Freund noch immer wie in Trance an. »Sie listiger, listiger Teufel!« war alles, was er sagen konnte.

»Ich habe Sie noch nicht vorgestellt«, sagte Holmes. »Dies, Gentlemen, ist Colonel Sebastian Moran, dereinst bei der Indischen Armee Ihrer Majestät und der beste Großwildjäger, den unser Östliches Empire je hervorgebracht hat. Gehe ich recht in der Annahme, daß Ihre Beute an Tigern noch immer unübertroffen ist?«

Der wütende Alte sagte nichts, sondern starrte unverwandt und trotzig meinen Gefährten an. Mit seinen wilden Augen und dem borstigen Schnurrbart sah er selbst einem Tiger erstaunlich ähnlich.

»Mich wundert, daß meine so simple List einen so alten *shi-*

kari täuschen konnte«, sagte Holmes. »Sie muß Ihnen doch vertraut sein. Haben Sie nie ein Zicklein unter einem Baum angebunden, oben mit Ihrer Büchse gelegen und darauf gelauert, daß der Köder Ihnen den Tiger heranlocke? Dies leere Haus ist mein Baum, und Sie sind mein Tiger. Sie hatten vermutlich noch weitere Gewehre in Reserve, falls mehrere Tiger auftauchen sollten, oder in der unwahrscheinlichen Annahme, Sie könnten Ihr Ziel verfehlen. Dies« – er wies umher – »sind meine anderen Gewehre. Die Parallele ist vollkommen.«

Colonel Moran sprang mit einem wütenden Knurren vor, doch die Polizisten zogen ihn zurück. Die Wut auf seinem Gesicht war schrecklich anzusehen.

»Ich gestehe, daß Sie mir eine kleine Überraschung bereitet haben«, sagte Holmes. »Ich habe nicht vorausgesehen, daß Sie sich dieses leere Haus und dieses praktische Vorderfenster zunutze machen würden. Ich hatte mir vorgestellt, Sie würden von der Straße aus operieren, wo mein Freund Lestrade und seine munteren Männer Ihrer harrten. Von dieser Ausnahme abgesehen, lief alles so, wie ich erwartet habe.«

Colonel Moran wandte sich an den amtlichen Detektiv.

»Sie mögen einen gerechten Grund für meine Verhaftung haben oder nicht«, sagte er, »aber zumindest kann es keinen Grund dafür geben, warum ich mir die Spötteleien dieser Person gefallen lassen sollte. Wenn ich in der Hand des Gesetzes bin, lassen Sie die Dinge auch auf gesetzliche Art geschehen.«

»Nun, das klingt vernünftig genug«, sagte Lestrade. »Sie haben weiter nichts zu sagen, Mr. Holmes, bevor wir gehen?«

Holmes hatte das starke Luftgewehr vom Boden aufgehoben und untersuchte jetzt seinen Mechanismus.

»Eine staunenswerte und einmalige Waffe«, sagte er, »geräuschlos und von gewaltiger Kraft. Der blinde deutsche Mechaniker von Herder, der sie auf Geheiß des verblichenen Professor Moriarty konstruierte, ist mir bekannt. Jahrelang war ich mir ihrer Existenz bewußt, obgleich ich nie zuvor die Gelegenheit hatte, sie zu handhaben. Ich empfehle sie sehr Ihrer Aufmerksamkeit, Lestrade, und ebenfalls die Kugeln, die zu ihr passen.«

»Sie können sich darauf verlassen, daß wir dies untersuchen, Mr. Holmes«, sagte Lestrade, während sich die ganze Gesellschaft auf die Tür zu bewegte. »Gibt es sonst noch etwas zu sagen?«

»Nur die Frage, welche Anklage Sie vorzuziehen beabsichtigen?«

»Welche Anklage, Sir? Nun, selbstverständlich den versuchten Mord an Sherlock Holmes.«

»Nicht doch, Lestrade. Ich habe nicht vor, in dieser Angelegenheit überhaupt zu figurieren. Ihnen und einzig Ihnen gebührt das Verdienst der bemerkenswerten Verhaftung, die Sie erzielt haben. Ja, Lestrade, ich gratuliere Ihnen! Mit der Ihnen eigenen glücklichen Mischung aus Schlauheit und Wagemut haben Sie ihn erwischt.«

»Ihn erwischt! Wen erwischt, Mr. Holmes?«

»Den Mann, den die gesamte Polizei vergeblich suchte – Colonel Sebastian Moran, der am dreißigsten vorigen Monats den Ehrenwerten Ronald Adair mit einem Mantelgeschoß aus einem Luftgewehr durch das offene Vorderfenster im zweiten Stock des Hauses Park Lane No. 427 erschossen hat. So lautet die Anklage, Lestrade. Und nun, Watson, falls Sie den Zug von einem zerbrochenen Fenster vertragen können, denke ich, eine halbe Stunde in meinem Arbeitszimmer bei einer Zigarre könnte Ihnen eine nützliche Unterhaltung bieten.«

Unsere alten Gemächer waren unter der Aufsicht von Mycroft Holmes und der unmittelbaren Fürsorge von Mrs. Hudson unverändert geblieben. Beim Eintreten bemerkte ich freilich eine ungewohnte Sauberkeit, doch waren die alten Wahrzeichen noch alle an ihrem Platz: die Chemie-Ecke und der säurebefleckte Brettertisch. In einem Regal stand eine Reihe beeindruckender Sammelalben und Nachschlagewerke, die so mancher unserer Mitbürger mit dem größten Vergnügen verbrannt hätte. Die Diagramme, der Geigenkasten und der Pfeifenständer – selbst der persische Pantoffel, der den Tabak beherbergte –, alles fiel mir in die Augen, als ich mich umblickte. Zwei Bewohner befanden sich in dem Zimmer: einmal Mrs. Hudson, die uns beim Eintreten freudestrahlend ansah – zum andern die seltsame Attrappe, die bei den Abenteuern dieses Abends eine so wichtige Rolle gespielt hatte. Es war ein wachsfarbenes Modell meines Freundes, so vortrefflich gearbeitet, daß es ein vollkommenes Abbild darstellte. Es stand auf einem kleinen Sockeltisch und war mit einem alten Morgenmantel von Holmes so drapiert, daß die Täuschung von der Straße aus absolut perfekt war.

»Ich hoffe, Sie haben alle Vorsichtsmaßregeln beachtet, Mrs. Hudson?« sagte Holmes.

»Ich bin auf den Knien hingekrochen, Sir, genau wie Sie mir gesagt haben.«

»Ausgezeichnet. Sie haben Ihre Sache sehr gut gemacht. Haben Sie beobachtet, wo die Kugel eingeschlagen ist?«

»Ja, Sir. Ich fürchte, sie hat Ihre schöne Büste ruiniert, denn sie ging mitten durch den Kopf und schlug sich dann an der Wand platt. Ich habe sie vom Teppich aufgelesen. Hier ist sie!«

Holmes hielt sie mir hin. »Eine weiche Revolverkugel, wie Sie sehen, Watson. Das zeugt von Talent, denn wer erwartet schon, dergleichen aus einem Luftgewehr abgeschossen zu sehen? Sehr schön, Mrs. Hudson. Ich bin Ihnen für Ihre Hilfe sehr verpflichtet. Und nun, Watson, seien Sie so gut und setzen sich noch einmal in Ihren alten Sessel, denn da sind mehrere Punkte, die ich mit Ihnen erörtern möchte.«

Er hatte den schäbigen Gehrock abgeworfen und war nun wieder ganz der alte Holmes im mausfarbenen Morgenmantel, den er seinem Ebenbild ausgezogen hatte.

»Die Nerven des alten *shikari* haben ihre Ruhe nicht verloren, und seine Augen nicht ihre Schärfe«, sagte er lachend, als er die zerschmetterte Stirn seiner Büste untersuchte.

»Genau mitten in den Hinterkopf und geradewegs durchs Gehirn. Er war der beste Schütze Indiens, und ich nehme an, in London gibt's kaum bessere. Haben Sie seinen Namen schon einmal gehört?«

»Nein, das habe ich nicht.«

»Nun, nun, so geht's mit dem Ruhm! Andererseits aber hatten Sie, wenn ich mich recht erinnere, den Namen von Professor Moriarty auch noch nie gehört, und der war einer der größten Köpfe unseres Jahrhunderts. Reichen Sie mir doch bitte einmal das Biographienverzeichnis aus dem Regal.«

Er blätterte müßig die Seiten um, lehnte sich in seinen Stuhl zurück und blies mächtige Rauchwolken aus seiner Zigarre.

»Meine M-Sammlung ist vorzüglich«, sagte er. »Moriarty allein reicht schon, um jeden Buchstaben auszuzeichnen; und hier haben wir Morgan, den Giftmörder, und Merridew gräßlichen Gedenkens, und Mathews, der mir im Wartesaal in Charing Cross den linken Eckzahn ausgeschlagen hat, und schließlich unseren Freund von heut nacht.«

Er übergab mir das Buch, und ich las:

Moran, Sebastian, Colonel. Unbeschäftigt. Ehemals bei den
1. Bangalore-Pionieren. Geboren 1840 in London. Sohn von
Sir Augustus Moran, C. B., dem ehemaligen britischen Gesand-
ten in Persien. Schulbesuch in Eton und Oxford. Diente bei
den Jowaki- und Afghanistan-Feldzügen in Charasiab (Depe-
schen), Sherpur und Kabul. Verfasser von *Großwild im west-
lichen Himalaya* (1881); *Drei Monate im Dschungel* (1884). Anschrift: Conduit Street. Clubs: Anglo-Indian, Tankerville, Ba-
gatelle Card Club.

Am Rand stand in Holmes' deutlicher Handschrift: Der zweit-
gefährlichste Mann Londons.

»Das ist erstaunlich«, sagte ich, als ich ihm den Band zurückgab. »Die Karriere dieses Mannes ist die eines ehrenhaften
Soldaten.«

»Wohl wahr«, antwortete Holmes. »Bis zu einem gewissen
Punkt hielt er sich gut. Er war immer ein Mann mit eisernen
Nerven, und in Indien hört man noch immer die Geschichte,
wie er einem verwundeten menschenfressenden Tiger in ein
Kanalisationsrohr nachgekrochen ist. Es gibt gewisse Bäume,
Watson, die bis zu einer bestimmten Höhe wachsen, um dann
plötzlich eine unansehnliche Exzentrizität zu entwickeln. Auch
bei Menschen werden Sie das oft beobachten. Ich habe eine
Theorie, nach der das Individuum im Verlauf seiner Entwicklung die ganze Reihe seiner Vorfahren durchlebt, und solch ein
plötzlicher Umschwung zum Guten oder Bösen beruht demnach auf irgendeinem starken Einfluß, der in der Reihe seiner
Ahnen tätig war. Der Mensch wird gleichsam zum Inbegriff
der Geschichte seiner Familie.«

»Freilich überaus phantastisch.«

»Nun, ich bestehe nicht darauf. Aus welchem Grund auch

immer: Colonel Moran begann auf Abwege zu geraten. Ohne jeden offenen Skandal brachte er Indien doch zu sehr in Rage, als daß man ihn hätte halten können. Er trat in den Ruhestand, kam nach London und machte sich wieder einen üblen Namen. Zu dieser Zeit wurde er von Professor Moriarty aufgespürt, dessen Stabschef er eine Zeitlang war. Moriarty versorgte ihn großzügig mit Geld und benutzte ihn nur für ein oder zwei hochwertige Aufträge, die kein gewöhnlicher Krimineller hätte ausführen können. Sie erinnern sich vielleicht an den Tod von Mrs. Stewart aus Lauder, im Jahre 1887. Nicht? Nun, ich bin sicher, daß Moran dahintersteckte, doch war ihm nichts nachzuweisen. Die Rolle des Colonel wurde so klug verheimlicht, daß wir ihn selbst dann nicht belasten konnten, als die Moriarty-Bande gesprengt war. Wissen Sie noch, wie ich damals, als ich Sie in Ihren Zimmern aufsuchte, aus Angst vor Luftgewehren die Läden geschlossen habe? Zweifellos haben Sie mich da für einen Phantasten gehalten. Doch ich wußte genau, was ich tat, da ich von der Existenz dieses bemerkenswerten Gewehrs wußte, und ich wußte auch, daß einer der besten Schützen der Welt dahinterstünde. Als wir in der Schweiz waren, verfolgte er uns zusammen mit Moriarty, und zweifellos war er es, der mir jene bösen fünf Minuten auf dem Vorsprung über dem Reichenbach-Fall bescherte.

Sie können sich denken, daß ich während meines Aufenthaltes in Frankreich die Zeitungen mit einiger Aufmerksamkeit gelesen habe, immer auf der Suche nach einer Möglichkeit, ihn hinter Gitter zu bringen. Solange er in London war, wäre mein Leben dort wirklich nicht lebenswert gewesen. Tag und Nacht hätte sein Schatten auf mir gelegen, und früher oder später hätte seine Stunde schlagen müssen. Was konnte ich tun? Einfach erschießen konnte ich ihn nicht, oder ich wäre selbst auf die Anklagebank gekommen. Mich an einen Polizeirichter zu wenden war zwecklos. Die können nicht aufgrund eines Verdachts einschreiten, der ihnen ziemlich wild vorkommen muß. Ich konnte also nichts tun. Aber ich verfolgte die Nachrichten von Verbrechen, denn ich wußte, daß ich ihn früher oder später erwischen würde. Dann kam der Tod dieses Ronald Adair. Endlich war meine Stunde gekommen. War es nach allem, was ich wußte, nicht eindeutig, daß Colonel Moran der Täter war? Er hatte mit dem Jungen Karten gespielt, er hatte ihn vom Club aus nach Hause verfolgt, er hatte ihn durch das offene Fenster erschossen. Daran bestand kein Zweifel. Die Kugeln allein genügen schon, seinen Kopf in die Schlinge zu stecken. Ich fuhr sofort her. Der Posten sah mich; ich wußte, er würde den Colonel auf meine Anwesenheit aufmerksam machen. Dieser konnte nicht fehlen, meine plötzliche Rückkehr mit seinem Verbrechen in Verbindung zu bringen und in fürchterliche Unruhe zu geraten. Ich war sicher, daß er mich *auf der Stelle* aus dem Weg zu räumen versuchen und zu diesem Zwecke seine mörderische Waffe hervorholen würde. Im Fenster hinterließ ich ihm eine vorzügliche Zielscheibe, und nachdem ich die Polizei davon unterrichtet hatte, daß sie womöglich gebraucht würde – übrigens haben Sie, Watson, deren Anwesenheit in jenem Hauseingang mit unfehlbarer Treffsicherheit erkannt –, nahm ich einen, wie mir schien, vernünftigen Beobachtungsposten ein; nicht im Traum wäre mir eingefallen, er würde sich dieselbe Stelle für sein Attentat aussuchen. Nun, mein lieber Watson, bleibt mir noch etwas zu erklären?«

»Ja«, sagte ich. »Sie haben nicht deutlich gemacht, aus welchem Motiv Colonel Moran den Ehrenwerten Ronald Adair ermordet hat.«

»Ah! mein lieber Watson, hier stoßen wir nun in jenes Reich der Mutmaßungen vor, in dem sich auch der logischste Geist leicht irren kann. Jeder von uns mag aus den vorhandenen Beweisen seine eigene Hypothese aufstellen, und die ihre kann ebensosehr richtig sein wie die meine.«

»Sie haben demnach eine?«

»Ich denke, es ist nicht schwer, die Tatsachen zu deuten. Bei der Untersuchung kam heraus, daß Colonel Moran und der junge Adair zusammen eine beträchtliche Summe Geldes gewonnen hatten. Nun spielte Moran zweifellos falsch – dessen bin ich mir schon seit langem bewußt. Ich glaube, Adair hatte am Tag seiner Ermordung entdeckt, daß Moran mogelte. Höchstwahrscheinlich hatte er persönlich mit ihm gesprochen und damit gedroht, ihn bloßzustellen, falls er seine Mitgliedschaft im Club nicht freiwillig aufgebe und verspreche, nie wieder Karten zu spielen. Es ist unwahrscheinlich, daß ein junger Bursche wie Adair stracks einen scheußlichen Skandal provozieren würde, indem er einen wohlbekannten Mann, der so viel älter ist als er selbst, denunzierte. Vermutlich handelte er so, wie ich es annehme. Der Ausschluß aus seinen Clubs hätte für Moran, der von seinen unrechtmäßigen Kartengewinnen lebte, den Ruin bedeutet. Aus diesem Grunde brachte er Adair um, der zu der Zeit gerade versuchte auszurechnen, wieviel Geld er selbst zurückgeben müsse, da er nicht vom Falschspiel seines Partners profitieren wollte. Die Tür verschloß er, damit die Damen ihn nicht überraschen und dann darauf bestehen konnten zu erfahren, was es mit diesen Namen und Münzen auf sich habe. Geht das?«

»Ich hege keinen Zweifel, daß Sie die Wahrheit getroffen haben.«

»Der Prozeß wird es bestätigen oder widerlegen. Unterdessen, komme was da wolle, wird uns Colonel Moran nicht mehr beunruhigen. Das famose Luftgewehr von Herders wird das Scotland Yard Museum verschönern, und Mr. Sherlock Holmes hat wieder die Freiheit, sein Leben der Untersuchung jener interessanten kleinen Probleme zu widmen, die das komplexe Leben Londons in solcher Fülle bietet.«

DER BAUMEISTER AUS NORWOOD

»Aus der Sicht des Kriminologen«, sagte Mr. Sherlock Holmes, »ist London seit dem Ableben des seligen Professors Moriarty eine ungemein reizlose Stadt geworden.«

»Ich kann mir kaum denken, daß Sie hiermit bei vielen anständigen Bürgern Zustimmung ernten würden«, erwiderte ich.

»Nun, nun, ich darf nicht egoistisch sein«, sagte er lächelnd, indem er seinen Stuhl vom Frühstückstisch zurückschob. »Gewiß hat die Allgemeinheit gewonnen und niemand verloren außer dem bedauernswerten arbeitslosen Fachmann, dessen Beschäftigung dahingegangen ist. Mit diesem Manne im Felde bedeutete jede Morgenzeitung unendliche Möglichkeiten. Oftmals zeigte sich nur die kleinste Spur, Watson, der leiseste Hinweis, und doch reichte dies aus, mir zu sagen, daß dieses große, böse Hirn existierte, so wie das schwächste Zittern am Rand des Netzes einen an die ekle Spinne erinnert, die in seinem Zentrum lauert. Kleine Diebstähle, mutwillige Anschläge, planlose Freveltaten – dem Manne, der den Schlüssel dazu besaß, fügte sich all dies zu einem geschlossenen Ganzen. Für den wissenschaftlichen Studenten der höheren Welt des Verbrechens bot keine andere Hauptstadt in Europa die Vorteile, die London seinerzeit besaß. Doch jetzt –« In komischer Mißbilligung der Lage, für deren Herbeiführung er selbst so viel getan hatte, zuckte er mit den Schultern.

Zu der Zeit, von der ich hier berichte, war Holmes bereits einige Monate wieder da, und ich hatte auf seine Bitte hin meine Praxis verkauft und war in die alte gemeinsame Wohnung in Baker Street zurückgezogen. Ein junger Arzt namens Verner hatte meine kleine Praxis in Kensington erworben, indem er mir mit verblüffend geringem Widerstreben den höchsten Preis zahlte, den ich zu verlangen wagte – ein Vorfall, der sich erst etliche Jahre später aufklärte, als ich nämlich herausfand, daß Verner entfernt mit Holmes verwandt war und in Wirklichkeit niemand anders als mein Freund dieses Geld zur Verfügung gestellt hatte.

Die Monate unseres Zusammenlebens waren übrigens gar nicht so ereignislos, wie er behauptet, denn beim Durchsehen meiner Aufzeichnungen stelle ich fest, daß in diesen Zeitraum zum einen der Fall mit den Papieren des ehemaligen Präsidenten Murillo, zum anderen die schockierende Affäre mit dem holländischen Dampfschiff *Friesland* fällt, welche uns beinahe das Leben gekostet hätte. Sein unterkühltes und stolzes Wesen war jedoch allem, was mit öffentlichem Beifall verbunden, durchaus abhold, und er verpflichtete mich in striktester Weise, nie mehr ein Wort über ihn, seine Methoden oder seine Erfolge verlauten zu lassen – ein Verbot, das, wie ich bereits erklärt habe, erst jetzt aufgehoben wurde.

Nach seinem neckischen Lamento lehnte Sherlock Holmes sich in seinen Sessel zurück und entfaltete gerade müßig die Morgenzeitung, als ein ungeheures Läuten der Glocke unsere Aufmerksamkeit auf sich zog; unmittelbar darauf folgte ein hohles Klopfgeräusch, als ob jemand mit der Faust gegen die Außentür schlüge. Sowie sie sich geöffnet hatte, kam stürmisches Rennen im Hausflur, hastige Schritte polterten die Treppe hoch, und einen Augenblick später stürzte ein wild dreinblickender, ungestümer junger Mann bleich, zerzaust und zitternd in unser Zimmer. Er sah uns beide nacheinander fragend an, und unsere fragenden Blicke machten ihm bewußt, daß er uns für seinen wenig feierlichen Eintritt eine Rechtfertigung schuldete.

»Es tut mir leid, Mr. Holmes«, schrie er. »Sie dürfen mir keinen Vorwurf machen. Ich bin dem Wahnsinn nahe. Mr. Holmes, ich bin der unglückliche John Hector McFarlane.«

Er verkündete dies, als erkläre dieser Name allein seinen Besuch und sein Gebaren, doch bemerkte ich an der teilnahmslosen Miene meines Gefährten, daß ihm dieser ebensowenig sagte wie mir.

»Bedienen Sie sich, Mr. McFarlane«, sagte er, indem er ihm sein Zigarettenetui zuschob. »Ich bin davon überzeugt, mein Freund Dr. Watson hier würde Ihnen bei diesen Symptomen ein Beruhigungsmittel verordnen. Das Wetter war in den letzten Tagen ja überaus warm. Nun, wenn Sie sich jetzt ein wenig gelassener fühlen, würde ich mich freuen, wenn Sie sich auf diesen Stuhl setzten und uns ganz langsam und ruhig erzählten, wer Sie sind und was Sie wünschen. Sie sprachen Ihren Namen so aus, als ob ich ihn kennen müßte, aber ich versichere Ihnen, daß ich – abgesehen von den augenscheinlichen Tatsachen, daß Sie Junggeselle, Rechtsanwalt, Freimaurer und Asthmatiker sind – nicht die geringste Kenntnis von Ihnen habe.«

Vertraut, wie ich mit den Methoden meines Freundes war, fiel es mir nicht schwer, seinen Schlüssen zu folgen und die Ungepflegtheit des Äußeren, das Bündel juristischer Texte, das Amulett an der Uhr und das Keuchen, worauf sie beruhten, wahrzunehmen. Unser Klient freilich blickte verblüfft genug drein.

»Ja, all dies bin ich, Mr. Holmes, und darüber hinaus bin ich derzeit der unglücklichste Mann in ganz London. Lassen Sie mich um Himmels willen nicht im Stich, Mr. Holmes! Wenn man mich verhaften kommt, ehe ich meine Geschichte zu Ende erzählt habe, veranlassen Sie die Leute, mir Zeit zu geben, damit ich Ihnen die ganze Wahrheit sagen kann. Ich könnte frohen Herzens ins Gefängnis gehen, wenn ich nur wüßte, daß Sie draußen für mich wirken.«

»Sie verhaften!« sagte Holmes. »In der Tat höchst erfr... höchst interessant. Was glauben Sie, unter welcher Anklage Sie verhaftet werden sollen?«

»Unter dem Verdacht, Mr. Jonas Oldacre aus Lower Norwood ermordet zu haben.«

Auf dem ausdrucksvollen Gesicht meines Gefährten zeigte sich ein Mitgefühl, das, fürchte ich, nicht frei von Befriedigung war.

»Na so was!« sagte er; »eben erst beim Frühstück sagte ich zu meinem Freund Dr. Watson, aufsehenerregende Fälle seien aus unseren Zeitungen verschwunden.«

Unser Besucher streckte eine bebende Hand aus und ergriff den *Daily Telegraph*, der noch immer auf Holmes' Knie gelegen hatte.

»Wenn Sie hingesehen hätten, Sir, hätten Sie mit einem Blick erkannt, aus welchem Anlaß ich heute morgen zu Ihnen komme. Es kommt mir vor, als müßten mein Name und mein Unglück in aller Munde sein.« Er schlug die Zeitung um und wies auf die Mittelseite. »Da steht's. Und mit Ihrer Erlaubnis werde ich es Ihnen vorlesen. Hören Sie, Mr. Holmes: die Schlagzeilen lauten: *Rätselhafter Fall in Lower Norwood. Bekannter Baumeister verschwunden. Verdacht auf Mord und Brandstiftung. Hinweis auf den Täter.* Dieser Hinweis wird bereits verfolgt, Mr. Holmes, und ich weiß, er führt unweigerlich zu mir. Seit der London Bridge Station folgt man mir, und ich bin sicher, man wartet nur noch auf den Haftbefehl. Es wird meiner Mutter das Herz brechen – es wird ihr das Herz brechen!« Er rang in ahnungsvoller Qual die Hände und schwankte auf seinem Stuhl vor und zurück.

Interessiert betrachtete ich diesen Mann, der eines Gewaltverbrechens beschuldigt wurde. Er hatte flachsfarbenes Haar, sah gut aus, aber auf eine schlappe, unleidliche Art: dazu seine erschrockenen blauen Augen und ein glattrasiertes Gesicht mit einem schwachen, sensiblen Mund. Er mochte etwa siebenundzwanzig Jahre alt sein; seinem Anzug und Gebaren nach war er ein Gentleman. Aus der Tasche seines hellen Sommermantels ragte das Bündel indossierter Papiere, das seinen Beruf verriet.

»Wir müssen die Zeit nutzen, die uns noch bleibt«, sagte Holmes. »Watson, wären Sie so freundlich, die Zeitung zu nehmen und mir den fraglichen Artikel vorzulesen?«

Unter den lärmenden Schlagzeilen, die unser Klient bereits zitiert hatte, las ich folgende vielsagende Geschichte:

Tief in der Nacht, oder früh am heutigen Morgen, ereignete sich in Lower Norwood ein Vorfall, der, so wird befürchtet, auf ein ernstes Verbrechen hindeutet. Mr. Jonas Oldacre ist ein bekannter Einwohner dieser Vorstadt; viele Jahre lang betrieb er dort sein Geschäft als Baumeister. Mr. Oldacre ist Junggeselle, 52 Jahre alt und lebt in Deep Dene House am Sydenham-Ende der Straße dieses Namens. Er stand im Rufe eines Mannes von exzentrischen Gewohnheiten und war von verschlossenem und zurückhaltendem Wesen. Von seinem Geschäft, in dem er es zu beträchtlichem Reichtum gebracht haben soll, hat er sich seit Jahren praktisch zurückgezogen. Hinter seinem Haus befindet sich jedoch noch ein kleines Holzlager, und vorige Nacht wurde gegen zwölf Uhr Alarm gegeben, daß einer der Stapel in Flammen stehe. Die Feuerwehr war bald zur Stelle, doch brannte das trockene Holz derart zügellos, daß der Feuersbrunst erst Einhalt zu gebieten war, als der Stapel vollständig niedergebrannt war. Bis dahin hatte das Geschehen den Anschein eines gewöhnlichen Unglücksfalles, doch neue Hinweise scheinen auf ein ernstes Verbrechen hinzudeuten. Man äußerte sich erstaunt über die Abwesenheit des Hausherrn von der Brandstelle, und die folgende Nachforschung ergab, daß er aus dem Haus verschwunden war. Eine Untersuchung seines Zimmers erbrachte, daß er nicht in seinem Bett geschlafen hatte, daß sein Safe offenstand, daß eine Menge wichtiger Papiere im Zimmer verstreut herumlagen, und schließlich fanden sich Anzeichen eines mörderischen Kampfes: In dem Zimmer wurden geringe Blutspuren und ein Spazierstock aus Eichenholz entdeckt, der am Griff ebenfalls Blutflecken aufwies. Es ist bekannt, daß Mr. Jonas Oldacre in dieser Nacht einen späten Besucher in seinem Schlafzimmer empfangen hatte, und der aufgefundene Stock wurde als Eigentum dieser Person identifiziert; es handelt sich um einen jungen Londoner Anwalt namens John Hector McFarlane, Juniorpartner von Graham & McFarlane, Gresham Buildings 426, E. C. Die Polizei glaubt im Besitz von Beweisen zu sein, die ein sehr überzeugendes Motiv für das Verbrechen liefern; insgesamt ist eine sensationelle Entwicklung dieser Angelegenheit nicht auszuschließen.

Letzte Meldung – Bei Drucklegung geht das Gerücht ein, Mr. John Hector McFarlane sei tatsächlich unter dem Verdacht, Mr. Jonas Oldacre ermordet zu haben, verhaftet worden. Sicher ist zumindest, daß ein Haftbefehl erlassen wurde. Die Ermittlungen in Norwood haben weitere bedenkliche Tatsachen ergeben. Außer den Anzeichen für einen Kampf im Zimmer des unglücklichen Baumeisters wurde jetzt bekannt, daß die Flügelfenster seines Schlafzimmers (das im Erdgeschoß liegt) offengestanden hatten, daß gewisse Spuren den Eindruck erwecken, als sei ein schwerer Gegenstand zu dem Holzstapel geschleift worden, und schließlich wird behauptet, unter der Asche seien verkohlte Überreste gefunden worden. Die Polizei vermutet, daß das Opfer in seinem Schlafzimmer erschlagen, seine Papiere durchwühlt und seine Leiche zu dem Holzstapel geschleift wurde, um so alle Spuren des Verbrechens zu beseitigen. Die Durchführung der Strafermittlungen wurde in die erfahrenen Hände Inspektor Lestrades von Scotland Yard gelegt, der mit gewohnter Energie und Scharfsicht den Hinweisen nachgeht.

Sherlock Holmes lauschte diesem bemerkenswerten Bericht mit geschlossenen Augen und gegeneinandergestellten Fingerspitzen.

»Der Fall weist allerdings einiges Interessante auf«, sagte er auf seine müde Art. »Darf ich zunächst einmal fragen, Mr. Mc-Farlane, wie es kommt, daß Sie noch in Freiheit sind, da doch genug Beweismaterial vorzuliegen scheint, Ihre Verhaftung zu rechtfertigen?«

»Ich lebe bei meinen Eltern in Torrington Lodge, Blackheath, Mr. Holmes; vorige Nacht aber hatte ich mit Mr. Oldacre noch sehr spät etwas Geschäftliches zu erledigen und daher in einem Hotel in Norwood Quartier genommen, um ihn von dort aus zu besuchen. Ich erfuhr von dieser Sache erst im Zug, als ich las, was Sie soeben gehört haben. Ich gewahrte sogleich die schreckliche Gefahr meiner Lage und beeilte mich, den Fall in Ihre Hände zu legen. Ich zweifle nicht daran, daß ich entweder in meinem Stadtbüro oder zu Hause verhaftet werden sollte. Jemand ist mir von der London Bridge Station gefolgt, und ich zweifle nicht – großer Gott, was ist das?«

Es war das Läuten der Glocke, dem gleich darauf schwere

Schritte auf der Treppe folgten. Und schon erschien unser alter Freund Lestrade in der Tür. Hinter seinen Schultern sah ich undeutlich ein paar uniformierte Polizisten stehen.

»Mr. John Hector McFarlane«, sagte Lestrade.

Unser unglücklicher Klient erhob sich mit totenbleicher Miene.

»Ich verhafte Sie wegen vorsätzlichen Mordes an Mr. Jonas Oldacre aus Lower Norwood.«

McFarlane wandte sich uns mit verzweifelter Gebärde zu und sank wie vernichtet wieder auf seinen Stuhl.

»Einen Augenblick, Lestrade«, sagte Holmes. »Eine halbe Stunde mehr oder weniger kann Ihnen nichts bedeuten, und dieser Gentleman stand eben im Begriff, uns von dieser höchst interessanten Affäre einen Bericht zu geben, der uns bei der Aufklärung dienlich sein könnte.«

»Ich sehe keinerlei Schwierigkeiten bei der Aufklärung«, sagte Lestrade grimmig.

»Gleichwohl wäre ich, wenn Sie gestatten, sehr interessiert, seinen Bericht zu vernehmen.«

»Nun gut, Mr. Holmes, es fällt mir schwer, Ihnen etwas abzuschlagen, zumal Sie der Polizei in der Vergangenheit ein- oder zweimal nützlich gewesen sind und wir von Scotland Yard Ihnen noch eine Gefälligkeit schulden«, sagte Lestrade. »Zugleich aber muß ich bei meinem Gefangenen bleiben, und ich bin verpflichtet, ihn darauf hinzuweisen, daß alle seine Aussagen gegen ihn verwendet werden können.«

»Etwas Besseres kann ich mir nicht wünschen«, sagte unser Klient. »Ich bitte Sie um nichts weiter, als mir zuzuhören und die reine Wahrheit zu erfahren.«

Lestrade blickte auf seine Uhr. »Ich gebe Ihnen eine halbe Stunde«, sagte er.

»Zunächst muß ich erklären«, sagte McFarlane, »daß ich Mr. Jonas Oldacre nicht kannte. Sein Name war mir vertraut, da meine Eltern vor vielen Jahren mit ihm bekannt waren, aber sie verloren sich aus den Augen. Ich war daher sehr überrascht, als er gestern gegen drei Uhr nachmittags in mein Stadtbüro trat. Noch mehr aber erstaunte ich, als er mir den Zweck seines Besuchs berichtete. Er hielt mehrere Blätter aus einem Notizbuch in der Hand, die über und über vollgekritzelt waren – hier sind sie –, und legte sie auf meinen Tisch.

›Dies ist mein Testament‹, sagte er. ›Ich wünsche, Mr. McFarlane, daß Sie es in die richtige juristische Form bringen. Während Sie dies tun, werde ich hier sitzen bleiben.‹

Ich machte mich daran, es abzuschreiben, und Sie können sich mein Erstaunen vorstellen, als ich merkte, daß er, mit einigen Vorbehalten, sein ganzes Vermögen mir vermacht hatte. Er war ein merkwürdiger, kleiner, frettchenhafter Mann mit weißen Wimpern, und als ich zu ihm aufblickte, sah ich seine scharfen grauen Augen mit amüsiertem Ausdruck auf mich geheftet. Ich konnte kaum meinen Sinnen trauen, nachdem ich die Testamentsbedingungen gelesen hatte; doch er erklärte, er sei Junggeselle und habe kaum lebende Verwandte, er habe in seiner Jugend meine Eltern gekannt und von mir stets als einem sehr verdienstvollen jungen Mann sprechen hören, und er sei davon überzeugt, sein Geld ginge in würdige Hände über. Ich konnte natürlich nur meinen Dank hervorstammeln. Das Testament wurde ordnungsgemäß abgeschlossen, unterzeichnet und von meinem Buchhalter beglaubigt. Dies hier auf dem blauen Papier ist es, und diese Zettel sind, wie gesagt, der Rohentwurf. Mr. Jonas Oldacre unterrichtete mich dann von einer Anzahl Dokumente – Grundstückspachten, Besitzurkunden, Hypothekenbriefe, Interimswechsel und so weiter –, die ich sehen und verstehen müßte. Er sagte, er könne erst wieder ruhig sein, wenn das Ganze geregelt sei, und er bat mich, noch diese Nacht zu seinem Haus in Norwood hinauszukommen, das Testament mitzubringen und die Sache abzumachen. ›Denken Sie daran, mein Junge, kein Wort über diese Angelegenheit zu Ihren Eltern, ehe nicht alles geregelt ist. Wir wollen es als eine kleine Überraschung für sie aufsparen.‹ Er bestand sehr auf diesem Punkt und ließ es mich ausdrücklich versprechen.

Sie können sich vorstellen, Mr. Holmes, daß ich nicht in der Stimmung war, ihm irgendeine Bitte abzuschlagen. Er war mein Wohltäter, und ich war durchaus bestrebt, seine Wünsche in allen Einzelheiten zu erfüllen. Ich schickte daher ein Telegramm nach Hause, in dem ich mitteilte, ich hätte ein wichtiges Geschäft vor und könne unmöglich sagen, wann ich heimkehren würde. Mr. Oldacre hatte mir gesagt, er würde gern um neun Uhr mit mir zu Abend essen, da er vor dieser Zeit wahrscheinlich nicht zu Hause wäre. Ich hatte jedoch einige Schwierigkeiten, sein Haus zu finden, und es war schon fast halb zehn, als ich dort eintraf. Ich fand ihn –«

»Einen Augenblick!« sagte Holmes. »Wer öffnete die Tür?«

»Eine mittelaltrige Frau, vermutlich seine Haushälterin.«

»Und es war sie, nehme ich an, die Ihren Namen angegeben hat?«

»In der Tat«, sagte McFarlane.

»Fahren Sie bitte fort.«

Mr. McFarlane fuhr sich über die feuchte Stirn und setzte dann seinen Bericht fort:

»Diese Frau führte mich in ein Wohnzimmer, in dem ein schlichtes Mahl vorbereitet war. Danach führte Mr. Oldacre mich in sein Schlafzimmer, worin sich ein schwerer Safe befand. Diesen öffnete er und entnahm ihm einen Packen Dokumente, die wir zusammen durchgingen. Zwischen elf und zwölf wurden wir damit fertig. Er bemerkte, daß wir die Haushälterin nicht stören dürften. Er brachte mich durch seine Verandatür nach draußen, welche die ganze Zeit über offengestanden hatte.«

»War die Jalousie herabgelassen?« fragte Holmes.

»Ich bin mir nicht sicher, aber ich glaube, sie war nur halb unten. Ja, ich erinnere mich, wie er sie hochzog, um die Verandatür aufzumachen. Ich konnte meinen Stock nicht finden, und er sagte: ›Lassen Sie nur, mein Junge; ich werde Sie ja jetzt häufig sehen, hoffe ich, und ich werde Ihren Stock aufbewahren, bis Sie wiederkommen und ihn zurückhaben wollen.‹ So verließ ich ihn, der Safe stand offen, und die Papiere lagen in Päckchen geordnet auf dem Tisch. Es war so spät, daß ich nicht mehr nach Blackheath zurückfahren konnte; und so verbrachte ich die Nacht im Anerley Arms, und weiter erfuhr ich nichts, bis ich heute morgen von dieser schrecklichen Sache las.«

»Haben Sie noch weitere Fragen, Mr. Holmes?« sagte Lestrade, dessen Brauen im Verlauf dieser bemerkenswerten Erklärung ein paarmal in die Höhe gegangen waren.

»Erst wenn ich in Blackheath gewesen bin.«

»Sie meinen: in Norwood«, sagte Lestrade.

»Oh, ja: das muß ich zweifellos gemeint haben«, sagte Holmes mit seinem rätselhaften Lächeln. Lestrade wußte aus mehr Erfahrungen, als er einzuräumen gewillt war, daß jenes rasiermesserscharfe Hirn Dinge zu durchschneiden vermochte, die für das seine undurchdringlich waren. Ich sah, wie er meinen Gefährten neugierig anblickte.

»Ich denke, ich sollte bald mal mit Ihnen reden, Mr. Sherlock Holmes«, sagte er. »Nun, Mr. McFarlane, vor der Tür stehen zwei meiner Beamten, und draußen wartet eine Droschke.« Der elende junge Mann erhob sich, warf uns einen letzten flehentlichen Blick zu und ging aus dem Zimmer. Die Polizisten brachten ihn zu der Kutsche, aber Lestrade blieb noch.

Holmes hatte die Blätter, die den Rohentwurf des Testamentes enthielten, aufgehoben und betrachtete sie mit äußerst gespannter Miene.

»Es gibt einiges zu diesem Dokument zu bemerken, Lestrade, nicht wahr?« sagte er und schob ihm die Zettel zu.

Der Beamte sah sie verwirrt an.

»Ich kann nur die ersten Zeilen lesen, und diese hier in der Mitte der zweiten Seite, und ein paar am Schluß. Die stehen da wie gedruckt«, sagte er; »aber dazwischen ist die Schrift sehr undeutlich, und an drei Stellen kann ich überhaupt nichts lesen.«

»Was schließen Sie daraus?« fragte Holmes.

»Nun, was schließen *Sie* daraus?«

»Daß es in einem Zug geschrieben wurde; die leserliche Schrift steht für Bahnhöfe, die unleserliche für Fahrt, und die völlig unleserliche für das Überfahren von Weichen. Ein gewiefter Fachmann würde sofort erklären, daß diese Aufzeichnungen in einer Vorstadtbahn entstanden sind, da es nur in der unmittelbaren Umgebung einer großen Stadt eine so rasche Folge von Weichen geben kann. Nehmen wir an, die Niederschrift des Testaments habe die gesamte Fahrzeit in Anspruch genommen, dann war es ein Schnellzug, der nur einmal zwischen Norwood und London Bridge gehalten hat.«

Lestrade begann zu lachen.

»Das ist mir zu hoch, wenn Sie mit Ihren Theorien anfangen, Mr. Holmes«, sagte er. »Was hat denn das mit diesem Fall zu tun?«

»Nun, es bestätigt die Geschichte des jungen Mannes inso-
weit, als das Testament von Jonas Oldacre gestern auf seiner
Fahrt geschrieben wurde. Ist es nicht verwunderlich, daß jemand ein derart wichtiges Dokument auf so willkürliche Weise
niederschreibt? Dies legt nahe, daß er nicht glaubte, es würde
von sonderlich praktischer Bedeutung sein. So könnte jemand
ein Testament schreiben, von dem er nicht glaubt, daß es jemals in Kraft treten würde.«

»Nun, er schrieb damit zugleich sein eigenes Todesurteil«,
sagte Lestrade.

»Oh, meinen Sie?«

»Sie nicht?«

»Nun, durchaus möglich; aber der Fall ist mir noch nicht
klar.«

»Nicht klar? Na, wenn *das* nicht klar ist, was könnte denn
klarer sein? Plötzlich erfährt ein junger Mann, daß er ein Vermögen erben wird, wenn ein älterer Mann stirbt. Was macht
er da? Er erzählt niemandem davon, sondern richtet es so ein,
daß er unter irgendeinem Vorwand seinen Klienten noch in
derselben Nacht besuchen kann; er wartet, bis die einzige andere Person im Haus zu Bett gegangen ist, und ermordet den
Mann sodann in der Abgeschiedenheit seines Zimmers, ver-
brennt die Leiche auf dem Holzstapel und entschwindet in
ein nahe gelegenes Hotel. Im Zimmer und auch auf dem Stock
befinden sich nur sehr geringe Blutspuren. Vermutlich hatte
er sich vorgestellt, sein Verbrechen ginge unblutig vonstatten,
und gehofft, mit der Verbrennung der Leiche alle Spuren der
Art seines Todes verbergen zu können – Spuren, die aus irgendeinem Grund auf ihn hätten weisen müssen. Liegt all dies nicht
auf der Hand?«

»Es liegt mir, mein guter Lestrade, ein wenig zu sehr auf der

Hand«, sagte Holmes. »Bei Ihren ansonsten großen Talenten lassen Sie es an der Phantasie fehlen; doch wenn Sie sich für einen Moment an die Stelle des jungen Mannes versetzen könnten: Würden Sie gleich die Nacht nach der Aufstellung des Testaments wählen, um Ihr Verbrechen zu begehen? Erschiene es Ihnen nicht gefährlich, eine so enge Verbindung zwischen diesen beiden Ereignissen herzustellen? Des weiteren, würden Sie es ausgerechnet zu einem Zeitpunkt machen, wenn bekannt ist, daß Sie sich in dem Haus befinden, wenn eine Bedienstete Sie eingelassen hat? Und schließlich, würden Sie sich soviel Mühe geben, die Leiche verschwinden zu lassen, und dann Ihren Stock liegenlassen, zum Zeichen, daß Sie der Täter sind? Bekennen Sie, Lestrade, daß all dies höchst unwahrscheinlich ist.«

»Was den Stock betrifft, Mr. Holmes, so wissen Sie so gut wie ich, daß ein Verbrecher oft nervös ist und Dinge tut, die ein besonnener Mensch unterlassen würde. Sehr wahrscheinlich hatte er Angst, in das Zimmer zurückzugehen. Geben Sie mir eine andere Theorie, die besser den Tatsachen entspricht.«

»Ich könnte Ihnen sehr leicht ein halbes Dutzend geben«, sagte Holmes. »Hier habe ich zum Beispiel eine sehr denkbare und sogar wahrscheinliche. Ich will sie Ihnen schenken. Der ältere Mann führt Dokumente vor, die offensichtlich wertvoll sind. Ein vorbeikommender Landstreicher sieht sie durch die Verandatür, deren Jalousie nur halb herabgezogen ist. Anwalt ab. Der Landstreicher tritt auf! Er packt einen Stock, den er dort liegen sieht, tötet Oldacre, und läuft davon, nachdem er die Leiche verbrannt hat.«

»Warum sollte der Landstreicher die Leiche verbrennen?«

»Was das betrifft: warum sollte McFarlane?«

»Um Beweismaterial zu beseitigen.«

»Der Landstreicher wollte womöglich verbergen, daß überhaupt ein Mord stattgefunden hatte.«

»Und warum hat er dann nichts mitgehen lassen?«

»Weil es sich um Papiere handelte, die er nicht veräußern
konnte.«

Lestrade schüttelte den Kopf, obwohl mir schien, er sei sich
nicht mehr so absolut sicher wie vorhin.

»Nun, Mr. Holmes, Sie mögen Ihren Landstreicher suchen,
und solange Sie ihn aufspüren, werden wir uns an unseren
Mann halten. Die Zukunft wird erweisen, wer von uns recht
hat. Beachten Sie nur dies, Mr. Holmes: Soweit wir wissen,
wurde keines der Papiere entfernt, und der Gefangene ist der
einzige Mensch auf der Welt, der keinen Grund hatte, sie zu
entfernen, da er ihr rechtmäßiger Erbe war und in jedem Fall
in ihren Besitz gelangt wäre.«

Diese Bemerkung schien meinen Freund betroffen zu machen.

»Ich möchte ja gar nicht abstreiten, daß die Beweise in mancher Hinsicht sehr stark für Ihre Theorie sprechen«, sagte er.
»Ich will nur darauf hinweisen, daß es auch andere mögliche
Theorien gibt. Wie Sie sagen, die Zukunft wird es zeigen. Guten Morgen! Ich stehe dafür, daß ich im Lauf des Tages in Norwood auftauchen und nachsehen werde, wie Sie weiterkom-
men.«

Als der Kriminalbeamte gegangen war, stand mein Freund
auf und bereitete sich mit der Munterkeit eines Mannes, der
eine erfreuliche Aufgabe vor sich hat, auf sein Tagewerk vor.

»Als erstes, Watson«, sagte er, während er sich in seinen Gehrock warf, »muß ich mich, wie gesagt, in Richtung Blackheath
bewegen.«

»Und warum nicht Norwood?«

»Weil in diesem Fall *ein* merkwürdiger Umstand eng mit einem anderen merkwürdigen Umstand zusammenhängt. Die Polizei begeht den Fehler, ihre Aufmerksamkeit auf den zweiten zu konzentrieren, da dies zufällig der wirklich kriminelle von den beiden ist. Für mich besteht jedoch unstreitig der logische Weg, diesen Fall anzugehen, darin, zunächst einmal zu versuchen, ein wenig Licht in den ersten Umstand zu bringen – das seltsame, so plötzlich und einem so unvermuteten Erben gemachte Testament. Das mag die folgenden Ereignisse ein wenig durchschaubarer machen. Nein, mein Lieber, ich glaube nicht, daß Sie mir helfen können. Gefahr ist nicht zu erwarten, sonst würde ich nicht im Traum daran denken, ohne Sie loszuziehen. Ich hoffe, Ihnen heute abend berichten zu können, daß ich in der Lage war, etwas für diesen unglücklichen Jüngling zu tun, der sich unter meinen Schutz gestellt hat.«

Es war schon spät, als mein Freund zurückkam, und ein Blick in sein abgespanntes und besorgtes Gesicht sagte mir, daß sich die hohen Erwartungen, mit denen er aufgebrochen war, nicht erfüllt hatten. Eine Stunde lang brummte er auf seiner Geige herum, um seine aufgewühlte Stimmung zu beruhigen. Endlich warf er das Instrument hin und stürzte sich in einen ausführlichen Bericht seiner Mißgeschicke.

»Es geht alles schief, Watson – so schief, wie es nur gehen kann. Lestrade gegenüber blieb ich kühn genug, aber ich glaube wahrhaftig, diesmal ist der Bursche auf der richtigen Spur, und wir sind auf der falschen. Alle meine Ahnungen gehen in eine Richtung, und alle Tatsachen gehen in die andere; und ich fürchte sehr, die britischen Geschworenen haben jene Höhe der Intelligenz noch nicht erreicht, die sie meinen Theorien den Vorzug vor Lestrades Tatsachen geben lassen würde.«

»Waren Sie in Blackheath?«

»Ja, Watson, ich war dort, und ich fand sehr schnell heraus, daß der selige Oldacre ein ganz beträchtlicher Lump gewesen sein muß. McFarlanes Vater war unterwegs auf der Suche nach seinem Sohn. Die Mutter war zu Hause – eine kleine, schlappe, blauäugige Person, die vor Angst und Entrüstung bebte. Sie wollte natürlich nicht einmal die Möglichkeit seiner Schuld zugeben. Ebensowenig drückte sie jedoch Überraschung oder Bedauern über das Schicksal Oldacres aus. Im Gegenteil, sie sprach von ihm mit solcher Bitterkeit, daß sie die Sache für die Polizei unbewußt noch erheblich klarer machte; denn wenn ihr Sohn sie so von diesem Manne hatte reden hören, würde ihn dies natürlich für Haß und Gewalttat prädisponieren. ›Er war eher ein bösartiger und verschlagener Affe als ein Mensch‹, sagte sie, ›das war er schon immer, seit seiner Jugend.‹

›Sie kannten ihn seit damals?‹ fragte ich.

›Ja, ich kannte ihn gut; tatsächlich hat er früher einmal um mich geworben. Dem Himmel sei Dank, daß ich so klug war, mich von ihm abzuwenden und einen besseren, wenn auch ärmeren Mann zu heiraten. Ich war bereits mit ihm verlobt, Mr. Holmes, als ich von einer schrecklichen Geschichte erfuhr, wie er in einem Vogelhaus eine Katze freigelassen hatte, und da grauste es mir so vor seiner brutalen Grausamkeit, daß ich nichts mehr mit ihm zu tun haben wollte.‹ Sie durchstöberte ein Schreibpult und zog dann eine böswillig mit einem Messer entstellte und verstümmelte Photographie einer Frau hervor. ›Dies ist ein Bild von mir‹, sagte sie. ›Er schickte es mir an meinem Hochzeitstag in diesem Zustand und mit seinem Fluch.‹

›Nun‹, sagte ich, ›immerhin hat er Ihnen jetzt vergeben, hat er doch sein ganzes Vermögen Ihrem Sohn vermacht.‹

›Weder mein Sohn noch ich selbst will irgend etwas von Jonas Oldacre geschenkt haben, sei er tot oder lebendig‹, rief sie temperamentvoll aus. ›So wahr ein Gott im Himmel ist, Mr. Holmes, und so wahr dieser Gott diesen bösen Mann bestraft hat, so wahr wird er auch, wenn es ihn gutdünkt, erweisen, daß die Hände meines Sohnes schuldlos an seinem Blute sind.‹

Nun, ich folgte noch einigen Hinweisen, geriet aber auf nichts, was unsere Hypothese stützen wollte, sondern nur auf manches, was dagegensprach. Endlich gab ich es auf und verfügte mich nach Norwood.

Das Deep Dene House ist eine große moderne Villa aus knallroten Backsteinen und steht hinten auf dem Grundstück; davor befindet sich ein Rasen mit Lorbeersträuchern. Ein Stück weg von der Straße liegt zur Rechten das Holzlager, wo der Brand stattgefunden hatte. Auf diesem Notizbuchblatt hier ist ein grober Lageplan. Das Fenster links ist dasjenige, das in Oldacres Zimmer führt. Wie Sie sehen, kann man von der Straße aus hineinblicken. Dies ist so ziemlich der einzige Trost, der mir heute zuteil wurde. Lestrade war nicht da, doch gab sich sein Oberpolizist die Ehre. Man hatte soeben einen großen Schatz gefunden. Nachdem man den Morgen damit verbracht hatte, in der Asche des abgebrannten Holzstapels herumzuwühlen, hatte man neben den verkohlten organischen Überresten mehrere verfärbte Metallscheibchen sichergestellt. Ich untersuchte sie sorgfältig, und es stellte sich zweifelsfrei heraus, daß es sich um Hosenknöpfe handelte. Ich erkannte sogar, daß einer davon mit ›Hyams‹, dem Namen von Oldacres Schneider, gezeichnet war. Dann untersuchte ich den Rasen sehr gewissenhaft nach Spuren und Zeichen, aber diese Dürre hat alles hart wie Eisen werden lassen. Es war nichts zu sehen, außer daß jemand oder ein Bündel durch eine niedrige Ligusterhecke gezogen worden war, die parallel zu dem Holzstapel steht. All das paßt natürlich zu der offiziellen Theorie. Ich kroch mit der Augustsonne auf dem Rücken über den Rasen. Doch als ich mich nach einer Stunde erhob, war ich nicht klüger als zuvor.

Nun, nach diesem Fiasko ging ich in das Schlafzimmer und stellte auch dort meine Untersuchungen an. Es waren nur sehr wenige Blutflecken da, bloß kleine Spritzer und Verfärbungen, aber unzweifelhaft frisch. Den Stock hatte man entfernt, doch auch darauf waren nur geringe Spuren. Der Stock gehörte unstreitig unserem Klienten. Das gibt er zu. Auf dem Teppich konnten Fußspuren der beiden Männer ermittelt werden, aber keine von irgendeinem Dritten – wieder ein Stich für die andere Seite: Die erhöhten ständig ihre Punktzahl, und wir gingen leer aus.

Nur einmal leuchtete mir ein kleiner Hoffnungsschimmer – und doch kam nichts dabei heraus. Ich untersuchte den Inhalt des Safes, von dem das meiste herausgenommen und auf dem Tisch liegengelassen worden war. Die Papiere waren in versiegelte Umschläge gesteckt worden, von denen die Polizei einen oder zwei geöffnet hatte. Soweit ich es beurteilen konnte, waren sie nicht von allzu großem Wert, und auch das Kontobuch wies nicht darauf hin, daß Mr. Oldacre in sonderlich üppigen Verhältnissen gelebt hatte. Aber mir schien, daß nicht alle Papiere da waren. Es gab Hinweise auf einige – vermutlich wertvollere – Urkunden, die ich nirgends finden konnte. Wenn wir dies eindeutig beweisen könnten, ließe sich natürlich Lestrades Argument gegen ihn selbst verwenden; denn wer würde etwas stehlen, wenn er wüßte, daß er es in Kürze erben wird?

Nachdem ich jeden einzelnen Umschlag beschnüffelt und keine Witterung hatte aufnehmen können, versuchte ich schließlich mein Glück bei der Haushälterin. Sie heißt Mrs. Lexington, eine kleine, dunkle, schweigsame Person mit argwöhnischem und verstohlenem Blick. Wenn sie wollte, könnte sie uns etwas sagen – davon bin ich überzeugt. Aber sie hielt dicht. Ja, sie habe Mr. McFarlane um halb zehn eingelassen. Lieber hätte ihr die Hand verdorren sollen, ehe sie dies hätte tun sollen. Sie sei um halb elf zu Bett gegangen. Ihr Zimmer befinde sich auf der anderen Seite des Hauses, und sie habe von den Geschehnissen nichts hören können. Mr. McFarlane habe seinen Hut und, nach ihrem besten Wissen, auch seinen Stock in der Vorhalle gelassen. Sie sei erst von dem Feueralarm geweckt worden. Gewiß sei ihr armer, lieber Herr ermordet worden. Ob er Feinde gehabt habe? Nun, jedermann habe Feinde, aber Mr. Oldacre habe sehr zurückgezogen gelebt und nur geschäftlich mit anderen Leuten verkehrt. Sie habe die Knöpfe gesehen, und sie sei sicher, daß sie zu den Kleidern gehörten, die er letzte Nacht getragen habe. Der Holzstapel sei sehr trocken gewesen, da es seit einem Monat nicht mehr geregnet habe. Er habe gebrannt wie Zunder, und zu der Zeit, da sie dorthin gekommen sei, sei nichts anderes als Flammen zu sehen gewesen. Sie und sämtliche Feuerwehrleute hätten den Geruch brennenden Fleisches von dort wahrgenommen. Von den Papieren wisse sie ebensowenig etwas wie von Mr. Oldacres Privatangelegenheiten.

So, mein lieber Watson, da haben Sie meinen Bericht eines Fehlschlags. Und doch – und doch« – er ballte seine hageren Hände in einem Anfall von Selbstgewißheit – »*weiß* ich, die Sache stimmt vorn und hinten nicht. Ich spüre es in meinen Knochen. Irgend etwas ist noch nicht zur Sprache gekommen, und diese Haushälterin weiß es. In ihren Augen lag eine Art von schmollendem Trotz, der nur mit Schuldbewußtsein zu vereinbaren ist. Es hat jedoch keinen Sinn, noch länger darüber zu reden, Watson; aber falls uns nicht ein glücklicher Zufall weiterhilft, fürchte ich, wird der Fall des verschwundenen Baumeisters von Norwood nicht in jener Chronik unserer Erfolge vertreten sein, die, wie ich vorausahne, ein geduldiges Publikum früher oder später zu ertragen haben wird.«

»Wird nicht«, sagte ich, »die äußere Erscheinung unseres jungen Mannes bei jeder Jury viel bewirken?«

»Dies ist ein gefährliches Argument, mein lieber Watson. Erinnern Sie sich an den schrecklichen Mörder Bert Stevens, den wir 87 herausschlagen sollten? Hat es jemals einen schlichteren, sonntagsschulhafteren jungen Mann gegeben als ihn?«

»Sie haben recht.«

»Falls es uns nicht gelingt, eine andere Theorie zu begründen, ist dieser Mann verloren. Der Fall weist praktisch keinen Makel auf, der sich jetzt dagegen vorbringen ließe, und alle weiteren Ermittlungen haben nur dazu gedient, ihn zu bekräftigen. Übrigens gibt es da bei diesen Papieren eine kleine Merkwürdigkeit, die uns als Ausgangspunkt für eine Untersuchung dienen könnte. Als ich das Kontobuch durchsah, fiel mir auf, daß der niedrige Kontostand hauptsächlich auf hohen Schecks beruhte, die im Lauf des letzten Jahres an einen Mr. Cornelius ausgestellt wurden. Ich gestehe, es würde mich schon interessieren, wer dieser Mr. Cornelius sein mag, mit dem ein Baumeister im Ruhestand dermaßen beträchtliche Transaktionen durchführt. Ist es möglich, daß er bei der Sache seine Hand im Spiel gehabt hat? Cornelius könnte ein Makler sein, aber wir haben keine Wechsel gefunden, die solch hohen Zahlungen entsprechen würden. Mangels jeden anderen Hinweises muß ich meine Forschungen jetzt auf eine Erkundigung bei der Bank nach jenem Gentleman richten, der diese Schecks eingelöst hat. Doch ich fürchte, mein Lieber, unser Fall wird wenig ruhmreich damit enden, daß Lestrade unseren Klienten hängen läßt, was Scotland Yard gewiß zum Triumph gereichen wird.«

Ich weiß nicht, ob Sherlock Holmes in dieser Nacht überhaupt geschlafen hat, doch als ich zum Frühstück hinunterkam, fand ich ihn bleich und abgespannt, und seine hellen Augen wirkten durch die schwarzen Schatten um sie her noch heller. Der Teppich um seinen Sessel war mit Zigarettenstummeln und den Frühausgaben der Morgenzeitungen übersät. Auf dem Tisch lag ein offenes Telegramm.

»Was halten Sie davon, Watson?« fragte er und warf es mir hin.

Es kam aus Norwood und lautete:

Wichtige neue Beweise gefunden. McFarlanes Schuld eindeutig erwiesen. Rate Ihnen, Fall aufzugeben.

Lestrade.

»Klingt bedenklich«, sagte ich.

»Es ist Lestrades mickriges Sieges-Kikeriki«, erwiderte Holmes mit bitterem Lächeln. »Und doch könnte es verfrüht sein, den Fall aufzugeben. Schließlich sind wichtige neue Beweise etwas Zweischneidiges: Sie könnten in eine ganz andere Richtung ausschlagen, als Lestrade sich vorstellt. Frühstücken Sie, Watson, und dann gehen wir gemeinsam los und sehen zu, was wir tun können. Ich habe das Gefühl, ich werde Ihre Begleitung und moralische Unterstützung heute nötig haben.«

Mein Freund frühstückte nicht; es war nämlich eine seiner

Eigenarten, daß er sich in seinen gespannteren Momenten keinerlei Nahrung gestattete, und ich habe es erlebt, wie er seine eiserne Kraft so lange mißbrauchte, bis er vor schierer Auszehrung zusammenbrach. »Gegenwärtig kann ich für die Verdauung weder Energie noch Nervenkraft erübrigen«, pflegte er in solchen Fällen auf meine medizinischen Einwände zu antworten. Es überraschte mich daher nicht, als er diesen Morgen sein Mahl unberührt hinter sich ließ und mit mir nach Norwood aufbrach. Ein Haufen morbider Gaffer stand noch immer um Deep Dene House versammelt, das genau die vorstädtische Villa darstellte, die ich mir ausgemalt hatte. Im Tor begrüßte uns Lestrade, sein Gesicht von Siegesfreude gerötet, sein Gehabe mächtig triumphierend.

»Nun, Mr. Holmes, haben Sie uns schon einen Fehler nachgewiesen? Haben Sie Ihren Landstreicher gefunden?« rief er.

»Ich habe noch keinerlei Schlüsse gezogen«, erwiderte mein Gefährte.

»Wir haben aber die unseren bereits gestern gezogen, und heute stellen sie sich als richtig heraus; Sie müssen daher eingestehen, daß wir Ihnen diesmal ein wenig voraus waren, Mr. Holmes.«

»Sie gebärden sich freilich, als sei etwas Außergewöhnliches geschehen«, sagte Holmes.

Lestrade lachte lärmend.

»Sie mögen es genausowenig wie wir anderen auch, sich geschlagen geben zu müssen«, sagte er. »Ein Mann kann nicht erwarten, daß immer alles nach seinen Wünschen verläuft – oder, Dr. Watson? Kommen Sie hier lang, wenn ich bitten darf, Gentlemen, und ich denke, ich kann Sie ein für allemal davon überzeugen, daß John McFarlane dieses Verbrechen begangen hat.«

Er führte uns durch den Flur in eine dunkle Vorhalle.

»Hier muß der junge McFarlane herausgekommen sein, um nach der Tat seinen Hut zu holen«, sagte er. »Nun sehen Sie her.« Mit dramatischer Plötzlichkeit entzündete er ein Streichholz und beleuchtete damit einen Blutfleck an der weißgetünchten Wand. Als er das Streichholz näher daran hielt, sah ich, daß es mehr als ein Fleck war. Es war der deutlich erkennbare Abdruck eines Daumens.

»Betrachten Sie dies mit Ihrem Vergrößerungsglas, Mr. Holmes.«

»Ja, das tue ich.«

»Ihnen ist bekannt, daß keine zwei Daumenabdrücke sich gleich sind?«

»Etwas dergleichen ist mir zu Ohren gekommen.«

»Nun, würden Sie dann bitte diesen Abdruck mit diesem Wachsabdruck vergleichen, der auf meine Weisung heute morgen von McFarlanes rechtem Daumen genommen wurde?«

Als er den Wachsabdruck dicht neben den Blutfleck hielt, brauchte man kein Vergrößerungsglas, um zu sehen, daß beide unzweifelhaft von demselben Daumen stammten. Für mich war erwiesen, daß unser unglücklicher Klient verloren war.

»Das ist endgültig«, sagte Lestrade.

»Ja, das ist endgültig«, echote ich unwillkürlich.

»Es ist endgültig«, sagte Holmes.

Etwas in seiner Stimme ließ mich aufhorchen, und ich wandte mich zu ihm um. Auf seinem Gesicht war eine außerordentliche Veränderung eingetreten. Es krümmte sich vor innerer Fröhlichkeit.

Seine Augen strahlten wie zwei Sterne. Mir schien, er mühte sich verzweifelt, einen Lachkrampf zu unterdrücken.

»Du liebe Zeit! Du liebe Zeit!« sagte er endlich. »Tja, nun,

wer hätte das gedacht? Und wie trügerisch die äußere Erscheinung sein kann, wahrhaftig! Wie nett der junge Mann anzusehen war! Dies soll uns eine Lehre sein, unserem eigenen Urteil
nicht zu trauen – nicht wahr, Lestrade?«

»Jawohl, manche von uns neigen ein wenig dazu, ihrer Sache allzu sicher zu sein, Mr. Holmes«, sagte Lestrade. Die Frech-
heit dieses Mannes war unerträglich, obwohl wir sie ihm nicht
verübeln konnten.

»Welch glückliche Fügung, daß dieser junge Mann seinen
rechten Daumen an die Wand drückte, als er seinen Hut vom
Haken nahm! Freilich auch etwas sehr Natürliches, wenn man
darüber nachdenkt.« Holmes war nach außen hin ruhig, aber
sein ganzer Körper wand sich in unterdrückter Erregung, als
er sprach. »Übrigens, Lestrade, wer hat diese bemerkenswerte
Entdeckung gemacht?«

»Die Haushälterin, Mrs. Lexington, lenkte die Aufmerksamkeit des Polizisten darauf, der hier Nachtwache hielt.«

»Wo hielt sich dieser Polizist auf?«

»Er hielt Wache in dem Schlafzimmer, wo das Verbrechen
begangen wurde, damit dort nichts angerührt werde.«

»Aber warum hat die Polizei diesen Abdruck nicht schon gestern gesehen?«

»Nun, wir hatten keinen besonderen Grund, die Vorhalle
sorgfältig zu untersuchen. Außerdem fällt die Stelle ja kaum
auf, wie Sie sehen.«

»Nein, nein, natürlich nicht. Ich nehme an, es besteht kein
Zweifel, daß der Abdruck bereits gestern da war?«

Lestrade sah Holmes an, als glaubte er, er hätte den Verstand
verloren. Ich muß gestehen, daß ich selbst von seiner Heiterkeit und seiner ziemlich kühnen Bemerkung überrascht war.

»Ich weiß nicht, ob Sie denken, McFarlane sei mitten in der

Nacht aus dem Gefängnis hierhergekommen, um die Beweise gegen sich zu verstärken«, sagte Lestrade. »Ich überlasse es jedem Fachmann von der Welt, festzustellen, ob dieser Daumenabdruck von McFarlane stammt oder nicht.«

»Es ist unstreitig sein Daumenabdruck.«

»Na bitte, das genügt doch«, sagte Lestrade. »Ich bin Praktiker, Mr. Holmes, und wenn ich meine Beweise habe, komme ich zu meinen Schlüssen. Falls Sie noch etwas zu sagen haben: Sie finden mich im Wohnzimmer, wo ich jetzt meinen Bericht abfassen werde.«

Holmes hatte seine Fassung wiedergewonnen, obwohl ich in seiner Miene noch immer einen Schimmer von Belustigung wahrzunehmen glaubte.

»Meine Güte, Watson, welch überaus traurige Entwicklung, nicht wahr?« sagte er. »Und doch ist daran einiges Merkwürdige, das zu Hoffnungen für unseren Klienten Anlaß gibt.«

»Das freut mich zu hören«, sagte ich von Herzen. »Ich fürchtete schon, es sei gänzlich vorbei mit ihm.«

»So weit würde ich nun kaum gehen, mein lieber Watson. Tatsache ist, daß diesem Beweisstück, dem unser Freund soviel Bedeutung beimißt, ein einziger wirklich ernster Mangel anhaftet.«

»Tatsächlich, Holmes? Welcher denn?«

»Nur dies – daß ich *weiß*, daß dieser Abdruck nicht da war, als ich den Raum gestern untersucht habe. Und nun, Watson, wollen wir ein bißchen im Sonnenschein spazierengehen.«

Verwirrten Sinnes, doch mit einem Herzen, in das erwärmend ein wenig Hoffnung zurückströmte, begleitete ich meinen Freund auf einen Rundgang durch den Garten. Holmes besah sich das Haus eingehend von allen Seiten und untersuchte es mit großem Interesse. Dann begab er sich hinein und ging vom Keller bis zum Dachboden durch das ganze Haus. Die meisten Zimmer waren unmöbliert, gleichwohl aber inspizierte Holmes sie alle aufs genaueste. Im oberen Korridor, an dem drei unbewohnte Schlafzimmer lagen, wurde er schließlich wieder von einem Heiterkeitsausbruch gepackt.

»Dieser Fall weist wirklich ein paar sehr einzigartige Züge auf, Watson«, sagte er. »Ich denke, es ist jetzt an der Zeit, daß wir unseren Freund Lestrade ins Vertrauen ziehen. Er hat sein kleines Lächeln auf unsere Kosten gehabt, und vielleicht können wir es ihm heimzahlen, falls meine Version des Falles sich als richtig erweisen sollte. Ja, ja; ich glaube, ich sehe, wie wir die Sache angehen müssen.«

Der Scotland Yard-Inspektor war noch immer im Salon mit Schreiben beschäftigt, als Holmes ihn unterbrach.

»Wenn ich nicht irre, verfassen Sie gerade Ihren Bericht über diesen Fall?« fragte er.

»Allerdings.«

»Halten Sie dies vielleicht nicht für ein wenig verfrüht? Ich kann mir nicht helfen, aber ich denke, Ihr Beweismaterial ist unvollständig.«

Lestrade kannte meinen Freund zu gut, um seinen Worten keine Beachtung zu schenken. Er legte seine Feder ab und sah ihn neugierig an.

»Was wollen Sie damit sagen, Mr. Holmes?«

»Nichts weiter, als daß es einen wichtigen Zeugen gibt, den Sie noch nicht gesehen haben.«

»Können Sie ihn beibringen?«

»Ich denke schon.«

»Dann tun Sie das.«

»Ich werde mein Bestes tun. Wie viele Beamte haben Sie hier?«

»Drei in Rufweite.«

»Ausgezeichnet!« sagte Holmes. »Darf ich fragen, ob sie alle groß und stark sind und über kräftige Stimmen verfügen?«

»Ich zweifle nicht daran, wenn ich auch nicht wüßte, was ihre Stimmen damit zu tun haben könnten.«

»Vielleicht kann ich Ihnen helfen, dies einzusehen, wie auch einige weitere Dinge«, sagte Holmes. »Seien Sie so gut und rufen Sie Ihre Männer zusammen, dann werd ich's versuchen.«

Fünf Minuten später waren die drei Polizisten in der Vorhalle versammelt.

»Im Hintergebäude werden Sie eine beträchtliche Menge Stroh finden«, sagte Holmes. »Ich möchte Sie bitten, zwei Ballen davon hierherzubringen. Ich denke, dies wird uns am meisten dabei helfen, den von mir gesuchten Zeugen hervorzulocken. Recht vielen Dank. Ich nehme an, Sie haben ein paar Streichhölzer in der Tasche, Watson. Nun, Mr. Lestrade, möchte ich Sie alle bitten, mir in die obere Etage zu folgen.«

Wie schon gesagt, befand sich dort ein breiter Flur, an dem drei leere Schlafräume lagen. Sherlock Holmes ließ uns alle an einem Ende des Flurs antreten; die Polizisten grinsten, und Lestrade starrte meinen Freund mit einem Gesicht an, über das Verwunderung, Erwartung und Spott einander jagten. Holmes stand vor uns mit der Miene eines Zauberkünstlers, der einen Trick vorführen will.

»Würden Sie freundlicherweise einen Ihrer Beamten zwei Eimer Wasser holen lassen? Legen Sie das Stroh hier auf den Boden, aber so, daß es an keiner Seite die Wand berührt. Nun dürften wir wohl alle bereit sein.«

Lestrades Gesicht war allmählich rot und wütend geworden.

»Ich weiß nicht, ob Sie uns zum Narren halten wollen, Mr.

Sherlock Holmes«, sagte er. »Wenn Sie etwas wissen, können Sie es uns auch ohne diese Possen sagen.«

»Ich versichere Ihnen, mein guter Lestrade, ich habe für alles, was ich tue, einen triftigen Grund. Sie erinnern sich vielleicht, daß Sie mich vor ein paar Stunden, als die Sonne auf Ihrer Seite der Hecke zu stehen schien, ein wenig aufgezogen haben, und Sie dürfen mir daher mein bißchen Pomp und Feierlichkeit jetzt nicht mißgönnen. Darf ich Sie bitten, Watson, dieses Fenster zu öffnen und dann ein Streichholz an den Rand des Strohs zu halten?«

Nachdem ich dies getan, wirbelte, vom Luftzug angezogen, eine graue Rauchfahne durch den Korridor, indes das trockene Stroh knisterte und züngelte.

»Nun wollen wir sehen, ob wir diesen Zeugen für Sie auftreiben können, Lestrade. Dürfte ich Sie alle bitten, mit mir in den Ruf ›Feuer!‹ einzustimmen? Nun denn: eins, zwei, drei –«

»Feuer!« schrien wir im Chor.

»Ich danke Ihnen. Darf ich Sie noch einmal bemühen?«

»Feuer!«

»Nur noch einmal, Gentlemen; und alle zusammen.«

»Feuer!« Der Schrei muß in ganz Norwood zu hören gewesen sein.

Kaum war er verklungen, geschah etwas Erstaunliches. Plötzlich flog in der scheinbar massiven Mauer am Ende des Flurs eine Tür auf, und ein kleiner verhutzelter Mann kam wie ein Kaninchen aus seinem Bau daraus hervorgeschossen.

»Großartig!« sagte Holmes ruhig. »Watson, einen Eimer Wasser über das Stroh. Das reicht! Lestrade, gestatten Sie mir, Ihnen den wichtigsten fehlenden Zeugen vorzustellen: Mr. Jonas Oldacre.«

Der Inspektor begaffte den Neuankömmling in fassungsloser Verblüffung. Letzterer blinzelte im hellen Licht des Korridors und starrte erst uns, dann das schwelende Feuer an. Er hatte ein abstoßendes Gesicht – verschlagen, boshaft, hämisch, mit verstohlenen hellgrauen Augen und weißen Wimpern.

»Was soll denn das?« sagte Lestrade schließlich. »Was hatten Sie denn dort die ganze Zeit zu suchen, he?«

Oldacre lachte beklommen und wich vor dem zornesroten Gesicht des wütenden Inspektors zurück.

»Ich habe nichts Böses getan.«

»Nichts Böses? Sie haben Ihr Bestes getan, einen unschuldigen Mann an den Galgen zu bringen. Ohne diesen Gentleman hier wäre es Ihnen womöglich sogar gelungen.«

Der Elende begann zu winseln.

»Aber Sir, ich wollte doch bloß einen Streich spielen.«

»Oho! Einen Streich, ja? Sie werden die Lacher nicht auf Ihrer Seite finden, das verspreche ich Ihnen! Bringen Sie ihn hinunter und verwahren ihn im Salon, bis ich komme. Mr. Holmes«, fuhr er fort, als sie gegangen waren, »ich konnte vor den Beamten nicht sprechen, aber ich stehe nicht an, Ihnen im Beisein von Dr. Watson zu sagen, daß dies das Glorreichste ist, was Sie je vollbracht haben, obwohl es mir ein Rätsel ist, wie Sie darauf gekommen sind. Sie haben einem Unschuldigen das Leben gerettet, und Sie haben einen sehr ernsten Skandal, der meinen Ruf bei der Polizei ruiniert hätte, verhindert.«

Holmes lächelte und klopfte Lestrade auf die Schulter.

»Mein guter Sir, Sie werden finden, daß Ihr Ruf nicht ruiniert, sondern enorm gefestigt worden ist. Ändern Sie nur ein weniges an dem Bericht, den Sie bereits geschrieben haben, und man wird begreifen, wie schwer es ist, Inspektor Lestrade Sand in die Augen zu streuen.«

»Und Sie wollen nicht, daß Ihr Name darin erscheint?«

»Ganz und gar nicht. Die Mühe belohnt sich durch sich selbst. Vielleicht werde ich eines fernen Tages einmal die Ehre einheimsen, wenn ich meinem eifrigen Historiographen gestatte, wieder sein Kanzleipapier auszubreiten – was, Watson? Tja, nun wollen wir uns doch einmal anschauen, wo diese Ratte gelauert hat.«

Sechs Fuß von der Außenmauer war quer durch den Flur eine vergipste Holzwand gezogen, in der geschickt eine Tür verborgen war. Der Verschlag bekam durch einige Ritzen im Dach Licht. Es befanden sich ein paar Möbelstücke darin und ein Vorrat an Lebensmitteln und Wasser sowie eine Anzahl Bücher und Zeitungen.

»Das ist der Vorteil, wenn man Baumeister ist«, sagte Holmes, als wir wieder hinaustraten. »Er konnte sich sein kleines Versteck ohne jeden Mitwisser einrichten – abgesehen natürlich von jener teuren Haushälterin, die ich anrate, unverzüglich Ihrer Beute hinzuzufügen, Lestrade.«

»Ich werde Ihren Rat befolgen. Aber woher wußten Sie von diesem Versteck, Mr. Holmes?«

»Ich kam zu der Überzeugung, daß der Bursche sich im Haus verborgen hielt. Nachdem ich einen Flur abgeschritten hatte und ihn sechs Fuß kürzer als den entsprechenden darunterliegenden gefunden hatte, war mir ziemlich klar, wo er steckte. Ich dachte mir, er würde nicht die Nerven haben, bei einem Feueralarm ruhig drinnen zu bleiben. Wir hätten natürlich hineingehen und ihn festnehmen können, aber es machte mir Spaß, ihn sich selbst bloßstellen zu lassen; im übrigen war ich Ihnen für Ihr Geplänkel von heute morgen noch eine kleine Fopperei schuldig.«

»Nun, Sir, Sie haben zweifellos mit mir gleichgezogen. Doch

woher um alles in der Welt wußten Sie, daß er sich überhaupt im Haus aufhielt?«

»Der Daumenabdruck, Lestrade. Sie sagten, dies sei endgültig; und das war es auch, freilich in einem anderen Sinn. Ich wußte, daß er gestern noch nicht da war. Ich widme den Details eine Menge Aufmerksamkeit, wie Sie vielleicht bemerkt haben, und ich hatte die Vorhalle untersucht und war mir sicher, daß die Wand frei gewesen war. Er mußte daher in der Nacht angebracht worden sein.«

»Aber wie?«

»Ganz einfach. Als jene Päckchen versiegelt wurden, ließ Jonas Oldacre McFarlane eines der Siegel festmachen, indem er seinen Daumen in den weichen Lack drücken sollte. Dies dürfte so schnell und so natürlich vor sich gegangen sein, daß ich behaupten möchte, der junge Mann selbst hat keine Erinnerung mehr daran. Höchstwahrscheinlich geschah es genau so, und Oldacre hatte selber noch keine Ahnung, was er damit anfangen würde. Als er dann in seinem Versteck über die Sache nachdachte, kam ihm plötzlich die Idee, was für einen absolut vernichtenden Beweis gegen McFarlane er mittels dieses Daumenabdrucks herstellen könnte. Nichts leichter für ihn, als einen Wachsabdruck von dem Siegel zu nehmen, ihn mit so viel Blut, wie ein Nadelstich hergeben mochte, anzufeuchten und im Lauf der Nacht den Abdruck an der Wand anzubringen – entweder höchstpersönlich oder mit Hilfe seiner Haushälterin. Wenn Sie die Dokumente durchsuchen, die er in seinen Bau mitgenommen hat, wette ich mit Ihnen, Sie werden darunter das Siegel mit dem Daumenabdruck finden.«

»Wunderbar!« sagte Lestrade. »Wunderbar! Wie Sie es darlegen, ist alles klar wie Kristall. Doch was ist das Motiv für diesen hinterhältigen Betrug, Mr. Holmes?«

Es amüsierte mich, zu sehen, wie das anmaßende Gehabe des Inspektors plötzlich in das eines Kindes umgeschlagen war, das seinem Lehrer Fragen stellt.

»Nun, ich denke nicht, daß dies sehr schwer zu erklären ist. Der Gentleman, der uns jetzt dort unten erwartet, ist ein überaus raffinierter, bösartiger und rachsüchtiger Mensch. Sie wissen doch, daß er früher einmal von McFarlanes Mutter abgewiesen wurde? Nicht?! Ich habe Ihnen gesagt, Sie sollten als erstes nach Blackheath und dann erst nach Norwood gehen. Nun, diese Beleidigung, wie er es auffaßte, schwärte in seinem bösen hinterlistigen Hirn, und sein ganzes Leben lang sann er auf Rache, sah aber nie eine Möglichkeit dazu. In den letzten ein oder zwei Jahren lief es mit seinen Geschäften ungünstig – heimliche Spekulationen, nehme ich an –, und er befindet sich in übler Lage. Er beschließt, seine Gläubiger zu hintergehen, und zahlt zu diesem Behuf hohe Schecks an einen gewissen Mr. Cornelius, der, denke ich mir, niemand anders ist als er selbst. Ich bin diesen Schecks noch nicht nachgegangen, doch zweifle ich nicht daran, daß Oldacre sie bei irgendeiner Provinzbank, wo er von Zeit zu Zeit ein Doppelleben führte, unter diesem Namen eingezahlt hat. Er beabsichtigte, seinen Namen ganz und gar zu ändern, dieses Geld abzuheben, zu verschwinden und woanders ein neues Leben zu beginnen.«

»Nun, das klingt recht wahrscheinlich.«

»Dann kam ihm die Idee, daß er bei seinem Verschwinden seine sämtlichen Verfolger von seiner Fährte ablenken und gleichzeitig an seiner alten Geliebten ausgiebige und vernichtende Rache nehmen könnte, wenn es ihm gelänge, den Eindruck zu erwecken, er sei von ihrem einzigen Sohn ermordet worden. Ein Meisterstück der Niedertracht – und meisterhaft ausgeführt. Die Idee mit dem Testament, das ein einleuchtendes Motiv für das Verbrechen abgeben würde; der heimliche, seinen Eltern verborgen gebliebene Besuch; die Einbehaltung des Stocks; das Blut und die tierischen Überreste und die Knöpfe in dem Holzstapel – all das war mustergültig und bildete ein Netz, dem zu entkommen mir noch vor wenigen Stunden kaum möglich schien. Doch besaß er nicht jenes ausschlaggebende Talent des Künstlers: das Wissen, wann man aufhören muß. Er wollte noch verbessern, was schon perfekt war – die Schlinge noch fester um den Hals des unglücklichen Opfers ziehen –, womit er alles verdarb. Gehen wir hinunter, Lestrade. Ich habe ihm nur noch ein paar Fragen zu stellen.«

Der üble Mensch saß, von zwei Polizisten flankiert, in seinem Salon.

»Es war ein Spaß, mein guter Sir, ein Streich, sonst nichts«, wimmerte er unablässig. »Ich versichere Ihnen, Sir, ich habe mich einfach nur versteckt, um zu sehen, wie mein Verschwinden aufgefaßt wird, und ich bin sicher, Sie werden nicht so ungerecht sein und auf die Idee kommen, ich hätte es jemals zugelassen, daß dem armen jungen Mr. McFarlane etwas Böses zustoßen würde.«

»Das müssen die Geschworenen entscheiden«, sagte Lestrade. »Jedenfalls werden wir Sie wegen Verschwörung, wenn nicht gar wegen versuchten Mordes unter Anklage stellen.«

»Und Sie werden vermutlich finden, daß Ihre Gläubiger das Bankkonto von Mr. Cornelius beschlagnahmen lassen werden«, sagte Holmes.

Der kleine Mann zuckte zusammen und wandte seine boshaften Augen meinem Freunde zu.

»Ich habe Ihnen für ein schönes Geschäft zu danken«, sagte er; »hoffentlich kann ich die Rechnung eines Tages begleichen.«

Holmes lächelte nachsichtig.

»Ich kann mir vorstellen, daß Ihre Zeit in den nächsten Jahren reichlich eingeschränkt sein wird«, sagte er. »Was haben Sie übrigens außer Ihren alten Hosen auf den Holzstapel gelegt? Einen toten Hund, oder ein Kaninchen, oder was? Sie wollen's nicht sagen? Ach nein, wie überaus unfreundlich von Ihnen! Nun, nun, ich möchte meinen, ein paar Kaninchen dürften sowohl das Blut als auch die verkohlten organischen Überreste erklären. Falls Sie je einen Bericht darüber schreiben sollten, Watson, bedienen Sie sich getrost der Kaninchen.«

DER VERSCHOLLENE THREE-QUARTER

Wir waren an merkwürdigen Telegrammen ja schon einiges gewöhnt in der Baker Street, doch erinnere ich mich an eines ganz besonders, welches uns vor sieben oder acht Jahren an einem düsteren Februarmorgen erreichte und Mr. Sherlock Holmes eine verwirrte Viertelstunde bescherte. Es war an ihn adressiert und lautete wie folgt:

Bitte erwarten Sie mich. Furchtbares Unglück. Rechter Flügel-Three-Quarter verschollen. Morgen unentbehrlich. Overton

»Poststempel vom Strand, eingeliefert zehn Uhr sechsunddreißig«, sagte Holmes, indem er's eins ums andere Mal überlas. »Mr. Overton war offenbar recht aufgeregt, als er dies abschickte, und folglich ein wenig verworren. Nun, nun, ich möchte meinen, er wird hier sein, wenn ich die *Times* durchgesehen habe, und dann werden wir alles erfahren. In diesen trägen Zeiten wäre mir auch das belangloseste Problem willkommen.«

Wir hatten in der Tat flaue Zeiten hinter uns, und ich hatte solche Perioden des Nichtstuns fürchten gelernt, da das Gehirn meines Gefährten, wie ich aus Erfahrung wußte, so überaus nach Betätigung verlangte, daß es immer gefährlich war, wenn er unbeschäftigt war. Über die Jahre hatte ich ihn allmählich von seiner Drogensucht, die dereinst seine Karriere zu beenden gedroht hatte, abgebracht. Ich wußte jetzt, daß es ihn unter normalen Umständen nicht mehr nach diesem künstlichen Stimulans verlangte; doch war mir durchaus bewußt, daß der Feind nicht tot war, sondern lediglich schlummerte; und in Zeiten der Müßigkeit sah ich deutlich, daß dies kein tiefer Schlummer und das Erwachen stets nahe war, wenn Holmes' asketisches Antlitz jenen verzerrten Ausdruck annahm und seine tiefliegenden und unergründlichen Augen brütend dreinzuschauen begannen. Ich segnete daher diesen Mr. Overton, wer immer das auch sein mochte, da er mit seiner schleierhaften Botschaft jene bedenkliche Ruhe durchbrochen hatte, die meinen Freund in größere Gefahren brachte als all die Stürme seines bewegten Lebens.

Wie erwartet folgte dem Telegramm bald sein Absender; die Visitenkarte – Mr. Cyril Overton, Trinity College, Cambridge – meldete die Ankunft eines enormen jungen Mannes, zwei Zentner nichts als Fleisch und Knochen, der die Eingangstür mit seinen breiten Schultern ausfüllte und uns beide mit einem hübschen Gesicht, das von Sorge verhärmt war, der Reihe nach ansah.

»Mr. Sherlock Holmes?«

Mein Gefährte verbeugte sich.

»Ich war unten bei Scotland Yard, Mr. Holmes. Ich habe mit Inspektor Hopkins gesprochen. Er hat mir geraten, mich an Sie zu wenden. Er sagte, der Fall liege, soweit er sehen könne, mehr auf Ihrer Linie als auf der der regulären Polizei.«

»Nehmen Sie bitte Platz und erzählen mir, was los ist.«

»Es ist entsetzlich, Mr. Holmes, einfach entsetzlich! Erstaunlich, daß ich noch keine grauen Haare habe. Godfrey Staunton – Sie haben natürlich schon von ihm gehört? Er ist schlichtweg der Pol, um den sich die ganze Mannschaft dreht. Eher würde ich zwei Stürmer weglassen, und dafür Godfrey in meiner Three-Quarter-Linie haben. Ob beim Zuspiel, beim Tackling oder beim Dribbeln – niemand kann ihm das Wasser reichen; und außerdem ist er ein kluger Kopf und kann uns alle zusammenhalten. Was soll ich nur machen? Das frage ich Sie,

Mr. Holmes. Moorhouse ist unser erster Ersatzspieler, aber der ist gelernter Halfback und wirft sich immer mitten in den Pulk, anstatt draußen auf der Touch-line zu bleiben. Freilich ist er ein guter Kicker, aber andererseits hat er kein Urteilsvermögen, und er sprintet miserabel. Morton oder Johnson, die Stürmer von Oxford, würden ihn glatt überlaufen. Stevenson ist zwar schnell genug, könnte aber nicht von der fünfundzwanziger Linie aus droppen, und einen Three-Quarter, der weder punten noch droppen kann, kann man auch nicht bloß wegen seiner Schnelligkeit einsetzen. Nein, Mr. Holmes, wir sind erledigt, wenn Sie mir nicht helfen können, Godfrey Staunton zu finden.«

Mit amüsiertem Staunen hatte mein Freund diese lange Rede angehört, die mit außerordentlichem Nachdruck und Ernst hervorgehaspelt wurde, wobei eine muskulöse Hand jeden Punkt durch einen Schlag auf das Knie des Sprechers eindringlich betonte. Als unser Besucher schwieg, streckte Holmes eine Hand aus und zog den Band »S« seiner Kollektaneen aus dem Regal. Diesmal schürfte er vergeblich in dieser Mine mannigfaltiger Information.

»Hier haben wir Arthur H. Staunton, den aufstrebenden Fälscher«, sagte er, »und es gab einen Henry Staunton, dem ich auf den Galgen verholfen habe, aber Godfrey Staunton ist ein mir neuer Name.«

Nun war es an unserem Besucher, überrascht dreinzuschauen.

»Aber Mr. Holmes, ich dachte, Sie kennen sich aus«, sagte er. »Wenn Sie noch nie von Godfrey Staunton gehört haben, dann muß ich auch vermuten, daß Sie Cyril Overton nicht kennen?«

Holmes schüttelte gutmütig den Kopf.

»Großer Scott!« rief der Athlet. »Ich war doch erster Ersatzspieler beim Spiel England gegen Wales, und dies ganze Jahr schon bin ich Kapitän der Unimannschaft. Aber das heißt ja nichts. Ich hätte nicht gedacht, daß es in England auch nur einen einzigen gäbe, der Godfrey Staunton nicht kennt, den größten Three-Quarter überhaupt: Cambridge, Blackheath und fünf Länderspiele. Großer Gott! Mr. Holmes, wo *leben* Sie denn nur?«

Holmes lachte über die naive Verblüffung des jungen Riesen.

»Sie leben in einer anderen Welt als ich, Mr. Overton, in einer freundlicheren und gesünderen Welt. Meine weitverzweigte Tätigkeit erstreckt sich in manche Bereiche der Gesellschaft, wenngleich nie, glücklicherweise, in den Amateursport, der das Beste und Vernünftigste darstellt, was England zu bieten hat. Ihr unerwarteter Besuch an diesem Morgen zeigt mir jedoch, daß es selbst in dieser Welt der frischen Luft und des Fair play etwas für mich zu tun geben kann; ich bitte Sie daher nun, mein lieber Sir, setzen Sie sich und erzählen Sie mir langsam und ruhig und ganz genau, was vorgefallen ist und in welcher Weise Sie von mir Hilfe erwarten.«

Das Gesicht des jungen Overton nahm den verlegenen Ausdruck eines Mannes an, der mehr an den Gebrauch seiner Muskeln als seines Verstandes gewöhnt ist; doch nach und nach kam, mit vielen Wiederholungen und Unklarheiten, die ich aus seiner Erzählung fortlassen darf, seine merkwürdige Geschichte zum Vorschein.

»Es ist so, Mr. Holmes. Wie gesagt, ich bin der Kapitän der Rugbymannschaft der Uni Cambridge, und Godfrey Staunton ist mein bester Mann. Morgen spielen wir gegen Oxford. Gestern sind wir alle hierhergefahren und in Bentleys Privathotel gezogen. Um zehn Uhr machte ich meine Runde und sah, daß sämtliche Spieler sich schlafen gelegt hatten, denn ich glaube an straffes Training und jede Menge Schlaf, um eine Mannschaft fit zu halten. Ich sprach noch ein wenig mit Godfrey, ehe er sich ins Bett legte. Er schien mir blaß und beunruhigt. Ich fragte ihn, was denn los sei. Er sagte, es wäre alles in Ordnung mit ihm – er habe nur ein bißchen Kopfschmerzen. Ich wünschte ihm eine gute Nacht und ging. Eine halbe Stunde später erzählte mir der Portier, ein ungehobelter Kerl mit Bart habe mit einer Nachricht für Godfrey vorgesprochen. Er sei noch nicht zu Bett gewesen, und man habe ihm den Brief aufs Zimmer gebracht. Godfrey habe ihn gelesen und sei wie vom Blitz getroffen auf einen Stuhl gesunken. Der Portier sei so entsetzt gewesen, daß er mich habe holen wollen, doch Godfrey habe ihn davon abgehalten, ein Glas Wasser getrunken und sich zusammengerissen. Dann sei er nach unten gegangen, habe mit dem Mann, der in der Vorhalle wartete, ein paar Worte gewechselt, und dann seien die beiden zusammen weggegangen. Das letzte, was der Portier von ihnen gesehen habe, sei, wie sie die Straße in Richtung Strand geradezu hinuntergerannt seien. Heute morgen war Godfreys Zimmer leer, sein Bett war nicht benutzt worden, und seine Sachen lagen alle noch so herum, wie ich sie am Abend zuvor gesehen hatte. Er war einfach so, auf der Stelle, mit diesem Fremden weggegangen, und seitdem habe ich nichts mehr von ihm gehört. Ich glaube, er wird nie mehr zurückkommen. Der Godfrey war Sportsmann bis ins Mark, und er hätte sein Training nicht unterbrochen und seinen Kapitän sitzenlassen, wenn nicht irgend etwas, dem er nicht gewachsen war, ihn dazu veranlaßt hätte. Nein; ich habe das Gefühl, als sei er für immer gegangen und als würden wir ihn nie mehr wiedersehen.«

Sherlock Holmes lauschte dieser sonderbaren Erzählung mit der gespanntesten Aufmerksamkeit.

»Was haben Sie unternommen?« fragte er.

»Ich habe nach Cambridge telegraphiert, um zu erfahren, ob man dort etwas von ihm gehört habe. Ich habe auch eine Antwort erhalten: Niemand hat ihn dort gesehen.«

»Hätte er überhaupt nach Cambridge zurückfahren können?«

»Ja, es gibt einen Nachtzug – um Viertel nach elf.«

»Aber soweit Sie feststellen konnten, hat er den nicht genommen?«

»Nein, er ist nicht gesehen worden.«

»Was haben Sie als nächstes getan?«

»Lord Mount-James ein Telegramm geschickt.«

»Warum an Lord Mount-James?«

»Godfrey ist Waise, und Lord Mount-James ist sein nächster Verwandter – sein Onkel, glaube ich.«

»Soso. Dies wirft ein neues Licht auf die Angelegenheit. Lord Mount-James ist einer der reichsten Männer ganz Englands.«

»Das habe ich auch von Godfrey gehört.«

»Und Ihr Freund war eng mit ihm verwandt?«

»Ja, er war sein Erbe, und der alte Knabe ist beinahe achtzig – außerdem völlig gichtbrüchig. Man sagt, er könne seinen Billardstock mit seinen Knöcheln kalken. Er hat Godfrey in seinem ganzen Leben noch keinen Shilling zugestanden, denn er ist ein ausgemachter Geizkragen; aber er wird das alles noch früh genug bekommen.«

»Haben Sie von Lord Mount-James Antwort erhalten?«

»Nein.«

»Was für ein Motiv könnte Ihr Freund haben, zu Lord Mount-James zu gehen?«

»Nun, irgend etwas hat ihn vorige Nacht beunruhigt, und wenn das mit Geld zu tun hatte, kann er durchaus zu seinem nächsten Verwandten gefahren sein, der doch so viel davon hat; obwohl er, nach allem, was ich gehört habe, kaum eine Chance haben dürfte, etwas zu bekommen. Godfrey mochte den Alten nicht. Er würde ihn nur besuchen, wenn es nicht anders ginge.«

»Nun, das können wir schnell herausfinden. Wenn Ihr Freund zu seinem Verwandten Lord Mount-James gefahren ist, dann müssen wir als nächstes den Besuch dieses ungehobelten Kerls zu so später Stunde sowie seine dadurch bewirkte Aufregung erklären.«

Cyril Overton preßte sich die Hände an den Kopf. »Ich kann mir das alles nicht zusammenreimen!« sagte er.

»Nun, nun, ich habe einen freien Tag, und ich werde mir die Sache mit Vergnügen einmal ansehen«, sagte Holmes. »Ich empfehle Ihnen dringend, die Vorbereitungen auf Ihr Spiel ohne Berücksichtigung dieses jungen Gentlemans durchzuführen. Wie Sie sagen, muß die Notwendigkeit, die ihn auf solche Weise fortgerissen hat, überwältigend gewesen sein, und dieselbe Notwendigkeit wird ihn wahrscheinlich auch weiterhin fernhalten. Begeben wir uns zusammen zu diesem Hotel und sehen einmal nach, ob der Portier irgendein neues Licht auf die Sache werfen kann.«

Sherlock Holmes war ein wahrer Meister in der Kunst, einem demütigen Zeugen die Befangenheit zu nehmen, und in der Abgeschiedenheit von Godfrey Stauntons verlassenem Zimmer hatte er dem Portier sehr schnell alles entlockt, was er zu sagen hatte. Der nächtliche Besucher sei kein Gentleman und auch kein Arbeiter gewesen. Der Portier beschrieb ihn einfach als »durchschnittlichen Burschen«; ein Mann von fünfzig, grauer Bart, bleiches Gesicht, unauffällig gekleidet. Er schien selbst aufgeregt zu sein. Der Portier hatte bemerkt, daß seine Hand zitterte, als er ihm den Brief übergab. Godfrey Staunton habe den Zettel in seine Tasche gestopft. Staunton habe dem Mann in der Vorhalle nicht die Hand gegeben. Sie hätten ein paar Sätze gewechselt, in denen der Portier nur das Wort »Zeit« habe unterscheiden können. Dann seien sie auf die beschriebene Weise davongeeilt. Die Uhr in der Vorhalle habe gerade halb elf gezeigt.

»Lassen Sie mich mal sehen«, sagte Holmes, indem er sich auf Stauntons Bett setzte; »Sie sind also der Tagportier?«

»Ja, Sir; um elf mach ich Feierabend.«

»Der Nachtportier hat vermutlich nichts gesehen?«

»Nein, Sir; eine Theatergesellschaft ist noch spät gekommen. Sonst niemand.«

»Hatten Sie gestern den ganzen Tag Dienst?«

»Ja, Sir.«

»Haben Sie Mr. Staunton irgendwelche Nachrichten überbracht?«

»Ja, Sir; ein Telegramm.«

»Ah! Das ist interessant. Um wieviel Uhr war das?«

»Um sechs.«

»Wo war Mr. Staunton, als er es erhielt?«

»Hier in seinem Zimmer.«

»Waren Sie dabei, als er es öffnete?«

»Ja, Sir; ich wartete, ob er eine Antwort schreiben würde.«

»Und? Hat er das getan?«

»Ja, Sir. Er hat eine Antwort geschrieben.«

»Haben Sie sie mitgenommen?«

»Nein; er hat sie selbst weggebracht.«

»Aber er hat sie in Ihrer Anwesenheit geschrieben?«

»Ja, Sir. Ich stand an der Tür, und er mit dem Rücken zu mir dort am Tisch. Als er mit dem Schreiben fertig war, sagte er: ›Schon gut, Portier, ich werde das selbst wegbringen.‹«

»Womit hat er geschrieben?«

»Mit einer Feder, Sir.«

»Auf eines der Depeschenformulare dort auf dem Tisch?«

»Ja, Sir; auf das oberste.«

Holmes stand auf. Er nahm die Formulare, ging mit ihnen ans Fenster und untersuchte sorgfältig das obenauf liegende.

»Bedauerlich, daß er nicht mit Bleistift geschrieben hat«, sagte er und warf sie mit enttäuschtem Achselzucken wieder hin. »Wie Sie zweifellos schon des öfteren bemerkt haben, Watson, drückt sich ein Bleistift gewöhnlich durch – eine Tatsache, die schon manche glückliche Ehe zerstört hat. Hier kann ich jedoch keine Spur finden. Allerdings gewahre ich mit Freuden, daß er mit einem breiten Federkiel geschrieben hat, und ich zweifle kaum daran, daß wir auf diesem Block Löschpapier etwas finden werden. Ah ja, wenn's das nicht ist!«

Er riß ein Stück Löschpapier ab und hielt uns die folgenden Hieroglyphen hin:

Cyril Overton geriet in helle Aufregung. »Halten Sie's an den Spiegel!« rief er.

»Das ist nicht notwendig«, sagte Holmes. »Das Papier ist dünn, und die Rückseite wird uns die Botschaft mitteilen. Hier bitte.« Er drehte es um und wir lasen:

»Dies sind also die Schlußworte des Telegramms, das Godfrey Staunton wenige Stunden vor seinem Verschwinden abgeschickt hat. Mindestens sechs Worte der Nachricht sind uns verlorengegangen; doch was uns bleibt – ›Helfen Sie uns um Gottes willen!‹ –, beweist, daß dieser junge Mann eine schreckliche Gefahr auf sich zukommen sah, vor welcher ihn jemand anderer bewahren konnte. ›uns‹: beachten Sie das! Eine zweite Person hatte damit zu tun. Wer anders sollte das sein als der bleichgesichtige bärtige Mann, der selbst einen so nervösen Eindruck machte? Welche Verbindung besteht nun zwischen Godfrey Staunton und dem Bärtigen? Und aus welcher dritten Quelle wollten die beiden Hilfe gegen jene drohende Gefahr schöpfen? Unsere Ermittlungen haben sich bereits auf diesen Punkt eingeengt.«

»Wir brauchen nur herauszufinden, an wen dieses Telegramm gerichtet war«, schlug ich vor.

»Ganz recht, mein lieber Watson. Ihre Überlegung, obschon tiefsinnig, war mir bereits in den Sinn gekommen. Doch dürfte Ihnen nicht entgangen sein, daß, wenn Sie in ein Postamt gehen und den Kontrollabschnitt des Telegramms eines anderen zu sehen verlangen, auf seiten der Beamten eine gewisse Abneigung besteht, Ihnen behilflich zu sein. Auf derlei Angelegenheiten liegt ja soviel Amtsschimmel! Jedoch zweifle ich nicht daran, daß wir unser Ziel mit ein wenig Feingefühl und Raffinesse erreichen können. Unterdessen möchte ich in Ihrer Anwesenheit, Mr. Overton, diese dort auf dem Tisch zurückgelassenen Papiere durchgehen.«

Es handelte sich um einige Briefe, Rechnungen und Notizbücher, die Holmes nun durchblätterte und mit flinken nervösen Fingern und huschendem stechendem Blick untersuchte.

»Nichts«, sagte er schließlich. »Übrigens darf ich doch annehmen, daß Ihr Freund ein gesunder junger Bursche war – alles in Ordnung mit ihm?«

»Gesund wie ein Fisch im Wasser.«

»Haben Sie je erlebt, daß er mal krank war?«

»Nicht einen Tag. Einmal hat er mit einer Trittwunde im

Bett gelegen, und einmal hat er sich das Knie verstaucht, aber das war weiter nichts.«

»Vielleicht war er nicht so kräftig, wie Sie vermuten. Ich möchte meinen, er könnte irgendein heimliches Leiden gehabt haben. Mit Ihrer Zustimmung werde ich ein paar dieser Papiere an mich nehmen, für den Fall, daß sie mit unseren weiteren Ermittlungen etwas zu tun haben sollten.«

»Einen Augenblick, einen Augenblick!« rief eine mürrische Stimme, und als wir aufblickten, sahen wir einen komischen kleinen alten Mann in der Tür rucken und zucken. Er war in schäbiges Schwarz gekleidet, trug einen sehr breitrandigen Zylinder und eine lockere weiße Halsbinde – im ganzen machte er den Eindruck eines sehr ländlichen Pfarrers oder eines bezahlten Begräbnisteilnehmers. Und doch, trotz seiner armseligen, ja lächerlichen Erscheinung lag in seiner Stimme ein schneidendes Knistern, und er trat mit einer raschen Heftigkeit auf, die Aufmerksamkeit erheischte.

»Wer sind Sie, Sir, und mit welchem Recht fassen Sie die Papiere dieses Gentleman an?« fragte er.

»Ich bin Privatdetektiv und gebe mir Mühe, sein Verschwinden zu erklären.«

»Oho, tatsächlich, ja? Und wer hat Sie damit beauftragt, he?«

»Dieser Gentleman, Mr. Stauntons Freund, wurde von Scotland Yard an mich verwiesen.«

»Wer sind Sie, Sir?«

»Ich bin Cyril Overton.«

»Dann haben Sie mir also das Telegramm geschickt. Mein Name ist Lord Mount-James. Ich bin so schnell hierhergekommen, wie es der Bayswater-Bus zuließ. Sie haben also einen Detektiv beauftragt?«

»Ja, Sir.«

»Und Sie sind bereit, die Kosten zu tragen?«

»Ich zweifle nicht daran, Sir, daß mein Freund Godfrey, wenn wir ihn finden, sich dazu bereit erklären wird.«

»Und wenn er nie gefunden wird, he? Antworten Sie mir!«

»In diesem Fall wird zweifellos seine Familie –«

»Nichts dergleichen, Sir!« kreischte der kleine Mann. »Erwarten Sie von mir keinen Penny – keinen Penny! Haben Sie verstanden, Mr. Detektiv! Ich bin die ganze Familie dieses jungen Mannes, und ich sage Ihnen, ich bin dafür nicht verantwortlich. Wenn er etwas zu erwarten hat, dann nur aufgrund der Tatsache, daß ich mein Geld nie verschwendet habe, und ich beabsichtige nicht, jetzt damit anzufangen. Und was diese Papiere da betrifft, deren Sie sich so großzügig bedienen, so darf ich Ihnen sagen, daß ich Sie für den Fall, daß sich darunter irgend etwas von Wert befinden sollte, strengstens zur Rechenschaft ziehen werde für das, was Sie damit anfangen.«

»Sehr schön, Sir«, sagte Sherlock Holmes. »Darf ich Sie unterdessen fragen, ob Sie selbst irgendeine Theorie haben, die über das Verschwinden dieses jungen Mannes Rechenschaft gibt?«

»Nein, Sir, habe ich nicht. Er ist groß genug und alt genug, um selbst auf sich aufzupassen, und wenn er so töricht ist, sich zu verlaufen, lehne ich es vollständig ab, die Verantwortung für die Suche nach ihm zu übernehmen.«

»Ich verstehe Ihre Haltung durchaus«, sagte Holmes mit einem boshaften Augenzwinkern. »Aber vielleicht verstehen Sie die meinige nicht ganz. Godfrey Staunton scheint ein armer Mann gewesen zu sein. Sollte er entführt worden sein, dann bestimmt nicht wegen irgend etwas, das er selbst besitzt. Der Ruhm Ihres Reichtums hat sich herumgesprochen, Lord Mount-James, und es ist durchaus möglich, daß eine Diebesbande sich Ihres Neffen bemächtigt hat, um von ihm Informationen über Ihr Haus, Ihre Gewohnheiten und Ihre Schätze zu gewinnen.«

Das Gesicht unseres unwirschen kleinen Besuchers wurde weiß wie sein Halstuch.

»Du liebe Zeit, Sir, was für eine Vorstellung! Solche Niedertracht ist mir noch nie in den Sinn gekommen! Was gibt es doch für unmenschliche Schurken auf der Welt! Aber Godfrey ist ein guter Junge – ein ordentlicher Junge. Nichts könnte ihn dazu bewegen, seinen alten Onkel zu verraten. Ich werde das Tafelbesteck heute abend zur Bank bringen lassen. Unterdessen sparen Sie keine Mühe, Mr. Detektiv. Ich flehe Sie an, nichts unversucht zu lassen, um ihn sicher wiederzubringen. Und was die Bezahlung angeht, nun, bis zu einem Fünfer, oder gar einem Zehner, können Sie immer auf mich zählen.«

Auch als er sich etwas beruhigt hatte, vermochte der adlige Geizhals uns keine Informationen zu geben, die uns helfen konnten, da er über das Privatleben seines Neffen kaum etwas wußte. Unser einziger Anhaltspunkt war das verstümmelte Telegramm, und mit einer Abschrift davon in der Hand machte Holmes sich auf den Weg, ein zweites Glied für seine Kette zu suchen. Wir waren Lord Mount-James losgeworden, und Overton war zum Rest seiner Mannschaft gegangen, um über deren Unglück zu beraten. Nicht weit vom Hotel war ein Telegraphenamt. Wir blieben davor stehen.

»Man kann es ja versuchen, Watson«, sagte Holmes. »Mit einer Vollmacht könnten wir natürlich Einsichtnahme in die Kontrollblätter verlangen, aber soweit sind wir noch nicht. Ich gehe davon aus, daß man sich an einem so geschäftigen Ort nicht an jedes Gesicht erinnert. Wir wollen es wagen.«

»Tut mir leid, Sie zu belästigen«, sagte er mit seiner gütig-

sten Stimme zu der jungen Frau hinter dem Gitter; »irgendeine Kleinigkeit stimmt nicht mit dem Telegramm, das ich gestern abgeschickt habe. Ich habe noch keine Antwort erhalten, und ich fürchte sehr, ich habe vergessen, meinen Namen
darunterzusetzen. Könnten Sie mir sagen, ob das zutrifft?«

Die junge Dame blätterte in einem Bündel Kontrollblätter.

»Um wieviel Uhr war das denn?« fragte sie.

»Kurz nach sechs.«

»Und an wen?«

Holmes legte einen Finger an die Lippen und sah zu mir
herüber. »Die letzten Worte lauteten ›um Gottes willen‹«, flüsterte er vertraulich; »es macht mir große Sorgen, daß ich keine Antwort erhalte.«

Die junge Frau zog ein Formular heraus.

»Das ist es. Steht kein Name drauf«, sagte sie, indem sie es
auf dem Schalter glattstrich.

»Das erklärt dann natürlich, warum ich keine Antwort be-
komme«, sagte Holmes. »Meine Güte, wie überaus dumm von
mir, also wirklich! Guten Morgen, Miss, und vielen Dank, daß
Sie meine Zweifel behoben haben.« Er rieb sich kichernd die
Hände, als wir wieder auf der Straße waren.

»Nun?« fragte ich.

»Wir kommen voran, mein lieber Watson, wir kommen voran. Ich hatte mir sieben verschiedene Pläne zurechtgelegt, um
einen Blick auf das Telegramm werfen zu können; aber ich
konnte kaum annehmen, daß es gleich beim ersten klappen
würde.«

»Und was haben Sie dadurch gewonnen?«

»Einen Ausgangspunkt für unsere Untersuchung.« Er winkte eine Droschke heran. »King's Cross Station«, sagte er.

»Wir verreisen also?«

»Ja, ich denke, wir müssen zusammen nach Cambridge fahren. Sämtliche Hinweise scheinen in diese Richtung zu zeigen.«

»Sagen Sie mir«, fragte ich ihn, als wir die Gray's Inn Road hochratterten, »hegen Sie schon irgendeinen Verdacht, was den Grund seines Verschwindens betrifft? Ich wüßte nicht, daß unter allen unseren Fällen jemals einer war, in dem die Motive mehr im dunkeln gelegen hätten. Jedenfalls glauben Sie doch nicht im Ernst, er könnte entführt worden sein, damit er Informationen über seinen reichen Onkel preisgibt?«

»Ich muß gestehen, mein lieber Watson, daß diese Erklärung mir nicht sehr wahrscheinlich vorkommt. Sie schien mir aber diejenige zu sein, die am ehesten das Interesse dieses überaus unangenehmen Alten wecken könnte.«

»Das hat sie bestimmt getan. Aber welche Alternativen haben Sie?«

»Ich könnte mehrere nennen. Sie müssen zugeben, es ist schon seltsam und vieldeutig, daß sich dieser Zwischenfall am Vorabend dieses wichtigen Spiels ereignet und daß er ausgerechnet den einen Mann betrifft, dessen Anwesenheit für den Erfolg seiner Mannschaft wesentlich zu sein scheint. Es kann natürlich Zufall sein, aber es ist interessant. Im Amateursport darf ja nicht gewettet werden, doch werden im Publikum eine ganze Menge inoffizielle Wetten abgeschlossen, und es ist möglich, daß es sich für jemanden lohnen könnte, einen Spieler zu entführen, so wie die Schurken vom Turf ein Rennpferd entführen. Dies ist eine Erklärungsmöglichkeit. Eine zweite, sehr einleuchtende ist die, daß dieser junge Mann tatsächlich der Erbe eines beträchtlichen Vermögens ist, wie bescheiden seine Mittel zur Zeit auch sein mögen, und es ist nicht auszuschließen, daß er zur Erpressung eines Lösegeldes festgehalten wird.«

»Diese Theorien lassen das Telegramm außer acht.«

»Sehr richtig, Watson. Das Telegramm bleibt noch immer das einzig Solide, auf dem wir aufbauen können, und wir dürfen unsere Aufmerksamkeit nicht davon abschweifen lassen. Um hinter den Zweck dieses Telegramms zu kommen, sind wir jetzt auf dem Weg nach Cambridge. Der Weg unserer Ermittlungen liegt zur Zeit noch im dunkeln, doch sollte es mich sehr überraschen, wenn wir ihn bis zum Abend nicht erhellt haben oder ein gutes Stück darauf vorangekommen sind.«

Es war bereits dunkel, als wir in der alten Universitätsstadt eintrafen. Am Bahnhof nahm Holmes einen Wagen und hieß den Kutscher, zum Haus von Dr. Leslie Armstrong zu fahren. Wenige Minuten später hielten wir vor einem großen Wohnhaus in der geschäftigsten Verkehrsstraße an. Wir wurden hineingeleitet, und nach langem Warten ließ man uns ins Sprechzimmer treten, wo wir den Arzt hinter seinem Tisch antrafen.

Es kündet von dem Ausmaß, in dem ich den Kontakt zu meinem Beruf verloren hatte, daß mir der Name Leslie Armstrong unbekannt war. Jetzt weiß ich, daß er nicht nur einer der führenden Köpfe der medizinischen Fakultät der Universität ist, sondern auch in mehr als einem Zweig der Wissenschaft ein Denker von europäischer Reputation. Doch auch, wenn man von seinem glänzenden Ruf nichts wußte, mußte einen schon ein flüchtiger Blick auf diesen Mann beeindrucken – das eckige, wuchtige Gesicht, die brütenden Augen unter dem Strohdach der Brauen, die granitne Gußform seines unbeugsamen Kinns. Ein Mann von hintergründigem Charakter, ein Mann mit wachsamem Geist, finster, asketisch, selbstbeherrscht, gewaltig – so wirkte Dr. Leslie Armstrong auf mich. Er hielt die Karte meines Freundes in der Hand, und als er aufsah, lag kein sonderlich erfreuter Ausdruck auf seinen mürrischen Zügen.

»Ihr Name ist mir bekannt, Mr. Sherlock Holmes, ebenso wie Ihr Beruf, ein Beruf, der durchaus nicht meinen Beifall findet.«

»Darin, Doktor, wird Ihnen jeder Kriminelle in diesem Lande zustimmen«, sagte mein Freund gelassen.

»Soweit Ihre Bemühungen sich auf die Unterdrückung von Verbrechen erstrecken, Sir, müssen sie von jedem vernünftigen Glied der Gemeinschaft unterstützt werden, wenn ich auch nicht daran zweifeln kann, daß die offizielle Maschinerie diesen Zweck hinreichend erfüllt. Anfälliger für Kritik ist Ihr Gewerbe dort, wo Sie sich in die privaten Geheimnisse der Individuen einmischen, wo Sie Familienangelegenheiten, die besser im verborgenen blieben, aufwühlen, und wo Sie nebenher Menschen die Zeit stehlen, die mehr zu tun haben als Sie. In diesem Augenblick zum Beispiel sollte ich eher eine Abhandlung schreiben als mich mit Ihnen unterhalten.«

»Zweifellos, Doktor; und doch könnte sich diese Unterhaltung als wichtiger als Ihre Abhandlung erweisen. Übrigens darf ich Ihnen sagen, daß wir das Gegenteil dessen tun, was Sie sehr zu Recht tadeln, indem wir uns nämlich bemühen, jegliche öffentliche Zurschaustellung von Privatangelegenheiten zu verhindern, die notwendig folgen muß, wenn der Fall erst einmal der Polizei in die Hände gerät. Betrachten Sie mich einfach als einen irregulären Pionier, der der regulären Armee des Landes vorausgeht. Ich bin hier, um Sie wegen Mr. Godfrey Staunton zu befragen.«

»Was ist mit ihm?«

»Sie kennen Ihn doch wohl?«

»Er ist eng mit mir befreundet.«

»Ist Ihnen bekannt, daß er verschwunden ist?«

»Ach, tatsächlich!« Die schroffen Züge des Arztes änderten ihren Ausdruck nicht.

»Er hat vorige Nacht sein Hotel verlassen. Seitdem hat man nichts mehr von ihm gehört.«

»Er wird zweifellos wiederkommen.«

»Morgen findet das Rugbyspiel der Universitätsmannschaften statt.«

»Ich nehme an diesen kindischen Spielen keinen Anteil. Das Schicksal des jungen Mannes interessiert mich sehr, da ich ihn kenne und er mir gefällt. Das Rugbyspiel hingegen geht mich nicht im geringsten etwas an.«

»Dann erhebe ich Anspruch auf Ihre Anteilnahme an meiner Untersuchung von Mr. Stauntons Schicksal. Wissen Sie, wo er sich befindet?«

»Bestimmt nicht.«

»Sie haben ihn seit gestern nicht gesehen?«

»Nein, das habe ich nicht.«

»War Mr. Staunton ein gesunder Mensch?«

»Vollkommen.«

»Haben Sie je eine Krankheit an ihm festgestellt?«

»Niemals.«

Unversehens hielt Holmes dem Arzt ein Stück Papier vor die Augen. »Dann erklären Sie mir vielleicht einmal diese quittierte Rechnung über dreizehn Guineen: vorigen Monat von Mr. Godfrey Staunton an Dr. Leslie Armstrong in Cambridge gezahlt. Die habe ich den Papieren auf seinem Schreibtisch entnommen.«

Der Arzt wurde rot vor Wut.

»Ich denke, es besteht keinerlei Grund, Ihnen eine Erklärung abzugeben, Mr. Holmes.«

Holmes legte die Rechnung wieder in sein Notizbuch.

»Wenn Sie eine öffentliche Erklärung vorziehen: die wird früher oder später fällig sein«, sagte er. »Ich sagte Ihnen bereits, daß ich geheimhalten kann, was andere in die Öffentlichkeit werden bringen müssen, und Sie täten wirklich klüger daran, mich vollständig ins Vertrauen zu ziehen.«

»Ich weiß gar nichts von der Sache.«

»Haben Sie von Mr. Staunton aus London gehört?«

»Bestimmt nicht.«

»Du liebe Zeit, du liebe Zeit – also wieder das Postamt!« stöhnte Holmes verdrossen. »Godfrey Staunton hat gestern abend um sechs Uhr fünfzehn ein äußerst dringendes Telegramm aus London an Sie geschickt – ein Telegramm, das zweifellos mit seinem Verschwinden zu tun hat –, und es ist nicht bei Ihnen eingetroffen. Sehr tadelnswert. Da werde ich aber mal hier aufs Postamt gehen und Beschwerde einlegen.«

Dr. Leslie Armstrong sprang hinter seinem Schreibtisch hervor, sein finsteres Gesicht war hochrot vor Zorn.

»Verlassen Sie gefälligst mein Haus, Sir«, sagte er. »Sie können Ihrem Auftraggeber, Lord Mount-James, bestellen, daß ich weder mit ihm noch mit seinen Agenten etwas zu tun haben möchte. Nein, Sir, kein Wort mehr!« Er zog wütend an der Glocke. »John, führen Sie diese Gentlemen hinaus.« Ein aufgeblasener Butler brachte uns unnachsichtig an die Tür, und als wir uns auf der Straße wiederfanden, brach Holmes in schallendes Gelächter aus.

»Dr. Leslie Armstrong ist wahrhaftig ein Mann von Tatkraft und Charakter«, sagte er. »Ich habe noch keinen Mann gesehen, der, würde er seine Talente in diese Richtung wenden, besser geeignet wäre, die von dem illustren Moriarty hinterlassene Lücke zu füllen. Und jetzt, mein armer Watson, sind wir hier, gestrandet und ohne Freunde in dieser ungastlichen Stadt, die wir nicht verlassen können, ohne unseren Fall aufzugeben. Dieser kleine Gasthof direkt gegenüber Armstrongs Haus ist genau auf unsere Bedürfnisse zugeschnitten. Wenn Sie ein Vorderzimmer und die für die Nacht erforderlichen Dinge besorgen würden, habe ich vielleicht Zeit, ein paar Nachforschungen anzustellen.«

Das Unternehmen dieser paar Nachforschungen erwies sich jedoch als zeitraubender, als Holmes sich vorgestellt hatte, denn er kam erst kurz vor neun Uhr in den Gasthof zurück. Er war blaß und niedergeschlagen, staubbedeckt und von Hunger und Erschöpfung gezeichnet. Ein kaltes Abendessen stand auf dem Tisch bereit, und als er seine Bedürfnisse befriedigt und seine Pfeife entzündet hatte, war er geneigt, die Dinge auf jene halb komische und gänzlich philosophische Weise zu betrachten, die ihm eigen war, wenn seine Geschäfte schiefgingen. Das Geräusch von Wagenrädern veranlaßte ihn, aufzustehen und aus dem Fenster zu sehen. Vor der Tür des Arztes stand im grellen Schein einer Gaslaterne eine Kutsche mit zwei Grauschimmeln.

»Drei Stunden war er weg«, sagte Holmes; »abgefahren um halb sieben, und da ist er wieder zurück. Das bedeutet einen Radius von zehn bis zwölf Meilen, und das macht er täglich einmal, manchmal auch zweimal.«

»Nichts Ungewöhnliches für einen praktizierenden Arzt.«

»Aber Armstrong ist eigentlich kein praktizierender Arzt. Er ist Dozent und ärztlicher Berater, aber aus normaler Praxisarbeit macht er sich nichts; die hält ihn von seiner literarischen

Betätigung ab. Warum unternimmt er also diese langen Fahrten, die ihm außerordentlich lästig sein müssen, und wen besucht er?«

»Sein Kutscher–«

»Mein lieber Watson, können Sie daran zweifeln, daß ich den als ersten befragt habe? Ich weiß nicht, ob es aufgrund seiner angeborenen Boshaftigkeit oder auf Veranlassung seines Herrn geschah, jedenfalls war er grob genug, einen Hund auf mich zu hetzen. Jedoch gefiel der Anblick meines Stocks weder dem Hund noch dem Mann, und die Sache ging daneben. Danach standen wir auf gespanntem Fuß, und weitere Nachforschungen kamen nicht mehr in Frage. Alles, was ich erfahren habe, stammt von einem freundlichen Einheimischen im Hof unseres Gasthauses. Der hat mir von den Gewohnheiten des Doktors und seinem täglichen Ausflug erzählt. Zur Bestätigung seiner Aussage fuhr in diesem Augenblick die Kutsche vor der Tür vor.«

»Konnten Sie sie nicht verfolgen?«

»Ausgezeichnet, Watson! Sie sprühen heute abend ja vor Witz. Diese Idee kam mir in der Tat. Wie Sie vielleicht bemerkt haben, befindet sich gleich neben unserer Herberge ein Fahrradgeschäft. Ich stürzte hinein, mietete ein Fahrrad und konnte mich noch auf den Weg machen, ehe die Kutsche ganz außer Sichtweite war. Ich hatte sie schnell eingeholt und fuhr dann in diskretem Abstand von etwa hundert Yards hinter ihren Rücklichtern her, bis wir die Stadt hinter uns gelassen hatten. Wir hatten schon ein Stück auf der Landstraße zurückgelegt, als sich etwas ziemlich Demütigendes begab. Der Wagen hielt an, der Doktor stieg aus, ging rasch zu der Stelle zurück, an der ich ebenfalls haltgemacht hatte, und sagte mir auf exzellent sardonische Weise, er fürchte, die Straße sei ein wenig eng, und er hoffe, sein Wagen hindere mich nicht, mit meinem Fahrrad an ihm vorbeizufahren. Seine Art, dies auszudrücken, hätte trefflicher nicht sein können. Ich fuhr also gleich an seinem Wagen vorbei und einige Meilen auf der Hauptstraße weiter; dann blieb ich an einem geeigneten Platz stehen, um zu sehen, ob der Wagen vorbeikäme. Er zeigte sich jedoch nicht, und damit war klar, daß er in eine der vielen Nebenstraßen, die ich bemerkt hatte, eingebogen war. Ich fuhr zurück, sah aber wieder nichts von der Kutsche, und jetzt ist sie, wie Sie sehen, nach mir zurückgekommen. Anfangs hatte ich natürlich keinen besonderen Grund, diese Fahrten mit dem Verschwinden Godfrey Stauntons in Verbindung zu bringen, und ich war nur geneigt, ihnen aus dem ganz allgemeinen Grund nachzugehen, daß alles, was Dr. Armstrong betrifft, zur Zeit für uns von Interesse ist; doch nun, da ich feststelle, daß er vor jedermann, der ihn auf seinen Ausflügen verfolgt, dermaßen auf der Hut ist, kommt mir die Sache bedeutsamer vor, und ich werde erst zufrieden sein, wenn ich dahintergekommen bin.«

»Wir können ihn ja morgen verfolgen.«

»Können wir das? Es ist nicht so einfach, wie Sie zu denken scheinen. Die Landschaft von Cambridgeshire ist Ihnen wohl nicht vertraut? Sie eignet sich nicht zum Versteckspielen. Das ganze Land, über das ich heute abend gefahren bin, ist so flach und sauber wie Ihre Handfläche, und der Mann, den wir verfolgen, ist kein Narr, wie er heute abend sehr deutlich bewiesen hat. Ich habe Overton telegraphiert, er solle uns von jeder neuen Entwicklung in London hier in Kenntnis setzen; wir können unterdessen unsere Aufmerksamkeit einzig auf Dr. Armstrong richten, dessen Namen jene zuvorkommende junge Dame im Postamt mich auf dem Kontrollabschnitt von Stauntons dringendem Telegramm lesen ließ. Er weiß, wo der junge Mann sich aufhält – das könnte ich beschwören –, und wenn er es weiß, sind wir selbst schuld, wenn wir es nicht auch in Erfahrung bringen. Gegenwärtig müssen wir eingestehen, daß er die besseren Karten hat, und Sie wissen ja, Watson, es ist nicht meine Art, einen solchen Zustand auf sich beruhen zu lassen.«

Dennoch brachte uns der nächste Tag der Lösung des Rätsels nicht näher. Nach dem Frühstück wurde uns ein Brief hereingebracht, den Holmes lächelnd an mich weiterreichte.

Sir – ich kann Ihnen versichern, daß Sie Ihre Zeit verschwenden, wenn Sie mir nachschnüffeln. Wie Sie vorige Nacht festgestellt haben, ist mein Wagen mit einem Rückfenster ausgestattet, und falls Ihnen etwas an einer Fahrt über zwanzig Meilen liegt, die Sie wieder an Ihren Ausgangspunkt zurückführen wird, so brauchen Sie mir nur zu folgen. Unterdessen setze ich Sie davon in Kenntnis, daß Mr. Godfrey Staunton in keiner Weise dadurch zu helfen ist, daß Sie mir nachspionieren. Der beste Dienst, den Sie diesem Gentleman erweisen können, ist nach meiner Überzeugung der, daß Sie unverzüglich nach London zurückkehren und Ihrem Auftraggeber berichten, daß Sie ihn nicht aufspüren können. In Cambridge werden Sie Ihre Zeit mit Sicherheit verschwenden.

Hochachtungsvoll

Leslie Armstrong

»Der Doktor ist ein freimütiger, ehrlicher Gegenspieler«, sagte Holmes. »Nun, nun, er erregt meine Neugier, und ich muß unbedingt mehr wissen, ehe ich ihn verlasse.«

»Sein Wagen steht jetzt vor der Tür«, sagte ich. »Jetzt steigt er ein. Ich habe bemerkt, daß er dabei zu unserem Fenster hochgesehen hat. Soll ich heute mal mein Glück auf dem Fahrrad versuchen?«

»Nein, nein, mein lieber Watson! Bei allem Respekt vor Ihrem natürlichen Scharfsinn dürften Sie dem trefflichen Doktor doch wohl nicht ganz gewachsen sein. Vielleicht gelange ich durch ein paar unabhängige Nachforschungen auf eigene Faust ans Ziel. Ich fürchte, ich werde Sie sich selbst überlassen müssen, da das Erscheinen von *zwei* neugierigen Fremden in einer verschlafenen Landschaft mehr Geschwätz hervorrufen könnte, als mir lieb ist. Sie werden in dieser ehrwürdigen Stadt zweifellos einige interessante Sehenswürdigkeiten finden, und ich hoffe, Ihnen heute abend einen günstigeren Bericht mitbringen zu können.«

Mein Freund sollte jedoch wieder enttäuscht werden. Am Abend kam er erschöpft und erfolglos zurück.

»Der Tag ist ins Wasser gefallen, Watson. Nachdem ich die ungefähre Fahrtrichtung des Doktors herausgefunden hatte, habe ich den Tag damit verbracht, sämtliche Dörfer auf dieser Seite von Cambridge zu besuchen und mit Schankwirten und anderen örtlichen Nachrichtenagenturen Gedanken auszutauschen. Ich habe etwas Boden gewonnen: Chesterton, Histon, Waterbeach und Cakington sind durchforscht worden und haben sich alle als Fehlschlag entpuppt. In solch schläfrigen Nestern hätte man das tägliche Erscheinen eines Zweispänners wohl kaum übersehen. Wieder hat der Doktor einen Punkt gemacht. Ist ein Telegramm für mich gekommen?«

»Ja; ich habe es schon aufgemacht. Hier ist es: ›Bitten Sie Jeremy Dixon vom Trinity College um Pompey.‹ Ich verstehe das nicht.«

»Ach, ganz einfach: Das ist von unserem Freund Overton

und beantwortet meine Anfrage. Ich werde Mr. Jeremy Dixon jetzt eine Nachricht zukommen lassen, und dann wird sich unser Glück zweifellos wenden. Gibt's übrigens was Neues von dem Spiel?«

»Ja, die hiesige Abendzeitung hat in ihrer neuesten Ausgabe einen ausgezeichneten Bericht. Oxford hat mit einem Tor und zwei Versuchen gewonnen. Die letzten Sätze der Reportage lauten: ›Die Niederlage der Hellblauen dürfte ausschließlich der unglücklichen Abwesenheit des hochkarätigen Nationalspielers Godfrey Staunton zuzuschreiben sein, dessen Fehlen sich in jeder Phase des Spiels bemerkbar machte. Die mangelhafte Zusammenarbeit der Three-Quarter-Linie und deren Schwäche sowohl im Angriff als auch in der Verteidigung waren auch durch die Bemühungen einer sonst kompakten, hart kämpfenden Mannschaft nicht zu kompensieren.‹«

»Womit also die Befürchtungen unseres Freundes Overton ihre Berechtigung hatten«, sagte Holmes. »Persönlich bin ich mit Dr. Armstrong einer Meinung: Rugby interessiert mich nicht im geringsten. Heute abend früh ins Bett, Watson, denn ich sehe voraus, daß es morgen einen ereignisreichen Tag geben wird.«

Holmes' Anblick am nächsten Morgen setzte mich in Schrecken, denn er saß mit seiner kleinen hypodermatischen Spritze vor dem Kamin. Ich mußte gleich an seine einzige Charakterschwäche denken und fürchtete das Schlimmste, als ich sie in seiner Hand glitzern sah. Er lachte mich ob meiner bestürzten Miene aus und legte die Spritze auf den Tisch.

»Nein, nein, mein Lieber, kein Grund zur Aufregung. Sie ist in diesem Falle nicht das Werkzeug des Bösen, sondern wird sich eher als der Schlüssel erweisen, der unser Geheimnis aufschließt. Auf dieser Spritze basieren alle meine Hoffnungen. Ich komme soeben von einem kleinen Erkundungsgang zurück, und alles sieht günstig aus. Frühstücken Sie ordentlich, Watson, denn ich beabsichtige, Dr. Armstrong heute auf die Spur zu kommen, und wenn ich einmal dabei bin, werde ich nicht zum Ausruhen oder Essen innehalten, bis ich ihn in seinem Bau aufgestöbert haben werde.«

»In diesem Falle«, sagte ich, »sollten wir unser Frühstück am besten mitnehmen, denn heute fährt er früh los. Sein Wagen steht schon vor der Tür.«

»Das macht nichts. Lassen Sie ihn fahren. Er muß schon sehr schlau sein, wenn er irgendwo hinfahren kann, wohin wir ihm nicht folgen können. Wenn Sie fertig sind, kommen Sie mit mir nach unten; ich werde Ihnen dann einen Detektiv vorstellen, der für die vor uns liegende Arbeit ganz hervorragend geeignet ist.«

Wir gingen hinunter, und ich folgte Holmes in den Stallhof, wo er die Tür einer Box öffnete und einen gedrungenen, weißbraun gefleckten Hund mit Hängeohren herausließ – ein Mittelding zwischen einem Beagle und einem Fuchshund.

»Ich darf Ihnen Pompey vorstellen«, sagte er. »Pompey ist der Stolz der hiesigen Jagdhunde, nicht gerade ein Renner, wie sein Körperbau beweist, aber ein ausgezeichneter Spürhund. Nun, Pompey, magst du auch nicht schnell sein, so denke ich doch, daß du zu schnell bist für zwei mittelalterige Londoner Gentlemen; ich bin daher so frei, diesen Lederriemen an deinem Halsband zu befestigen. Und jetzt komm, Junge, und zeig uns, was du kannst.« Er führte ihn zur Haustür des Doktors herüber. Der Hund schnüffelte kurz herum, dann lief er mit einem aufgeregten hohen Winseln los und zerrte an seiner Leine, um nur schneller laufen zu können. Nach einer hal-

ben Stunde hatten wir die Stadt hinter uns gelassen und hasteten eine Landstraße entlang.

»Was haben Sie getan, Holmes?« fragte ich.

»Es ist ein abgedroschener, altehrwürdiger Kunstgriff, der
aber gelegentlich noch zu etwas nütze ist. Ich bin heute morgen auf den Hof des Doktors gegangen und habe meine mit
Anisett gefüllte Spritze über dem Hinterrad seiner Kutsche
ausgedrückt. Anisett würde einen Spürhund von hier bis John
o' Groats locken, und unser Freund Armstrong müßte schon
durch den Cam fahren, um Pompey von seiner Fährte abzu-
bringen. Oh, der verschmitzte Schurke! So ist er mir also gestern abend entwischt!«

Der Hund war plötzlich von der Hauptstraße in einen gras-
bewachsenen Weg eingebogen. Eine halbe Meile weiter mündete dieser wieder auf eine breite Straße, und die Spur wandte
sich scharf nach rechts in Richtung auf die Stadt zu, die wir
gerade verlassen hatten. Die Straße machte einen Bogen zum
Süden der Stadt und verlief dann weiter in der entgegengesetz-
ten Richtung, in der wir losgegangen waren.

»Diesen Umweg hat er also nur uns zu Gefallen unternommen?« sagte Holmes. »Kein Wunder, daß meine Nachforschungen in diesen Dörfern nichts erbracht haben. Der Doktor hat
sein Spiel wahrlich nach besten Kräften gespielt, und ich würde doch gerne den Grund für ein so kunstvolles Täuschungsmanöver erfahren. Das da rechts dürfte das Dorf Trumpington
sein. Und, Donnerwetter, da biegt sein Wagen um die Ecke!
Schnell, Watson, schnell, oder wir sind erledigt!«

Er sprang durch ein Tor auf einen Acker und zerrte den wi-
derstrebenden Pompey hinterdrein. Kaum hatten wir uns hinter der Hecke verborgen, als die Kutsche vorbeiratterte. Drinnen sah ich flüchtig Dr. Armstrong, er saß da mit gebeugten

Schultern, der Kopf war auf die Hände gesunken – das reinste Bild des Elends. Am ernster gewordenen Gesicht meines Gefährten konnte ich erkennen, daß auch er ihn gesehen hatte.

»Ich fürchte, unsere Suche wird ein finsteres Ende nehmen«, sagte er. »Es kann nicht mehr lange dauern, bis wir es wissen. Komm, Pompey! Ah, das Landhaus auf dem Feld dort ist es.«

Es konnte kein Zweifel daran bestehen, daß wir das Ziel unseres Ausflugs erreicht hatten. Pompey rannte ungeduldig winselnd vor dem Tor herum, wo noch die Spuren der Wagenräder zu sehen waren. Ein Fußweg führte zu dem einsamen Häuschen herüber. Holmes band den Hund am Heckenzaun fest, und wir hasteten weiter. Mein Freund klopfte an die kleine, einfache Tür, er klopfte noch einmal, ohne daß sich etwas rührte. Und doch war das Haus nicht verlassen; es drang nämlich ein leises Geräusch an unsere Ohren – ein schmerzliches, verzweifeltes Stöhnen, das unbeschreiblich traurig klang. Holmes hielt unentschlossen inne, dann blickte er zur Straße zurück, die wir gerade überquert hatten. Eine Kutsche kam heran, und diese Grauschimmel waren nicht zu verwechseln.

»Auch das noch, der Doktor kommt zurück!« rief Holmes. »Das nimmt uns die Entscheidung ab. Wir müssen unbedingt sehen, was das zu bedeuten hat, ehe er hier ist.«

Er machte die Tür auf, und wir traten in den Vorraum. Das Stöhnen schwoll stärker an, bis es zu einem einzigen langgezogenen, tiefen gequälten Heulen wurde. Es kam von oben. Holmes jagte die Treppe hoch, und ich ihm nach. Er stieß eine angelehnte Tür auf, und wir beide blieben entsetzt vor dem Anblick stehen, der sich uns bot.

Eine junge und schöne Frau lag tot auf dem Bett. Ihr ruhiges, bleiches Antlitz mit den matten, weit offenen blauen Augen schwamm im Gewirr ihres goldnen Haars. Am Fuß des Bettes, halb sitzend, halb kniend, das Gesicht in den Laken vergraben, hockte ein junger Mann, dessen Körper von heftigem Schluchzen erschüttert wurde. Er war so sehr in seinen bitteren Schmerz vertieft, daß er erst aufsah, als Holmes' Hand auf seiner Schulter lag.

»Sind Sie Mr. Godfrey Staunton?«

»Ja, ja; der bin ich – aber Sie kommen zu spät. Sie ist tot.«

Der Mann war so verwirrt, daß ihm nicht begreiflich gemacht werden konnte, daß wir nicht Ärzte waren, die man ihm zu Hilfe geschickt hatte. Holmes bemühte sich, einige Trostworte hervorzubringen und die Aufregung zu erklären, die sein plötzliches Verschwinden bei seinen Freunden verursacht hatte, als auf der Treppe Schritte ertönten und das wuchtige, strenge und fragende Gesicht Dr. Armstrongs in der Tür erschien.

»So, Gentlemen«, sagte er, »Sie sind an Ihr Ziel gelangt, und Sie haben wahrhaftig einen besonders delikaten Zeitpunkt für Ihr Eindringen gewählt. Ich will im Angesicht des Todes nicht streiten, aber ich kann Ihnen versichern, daß Ihr ungeheuerliches Benehmen nicht ungestraft durchgehen würde, wenn ich ein wenig jünger wäre.«

»Verzeihen Sie, Dr. Armstrong, ich denke, wir mißverstehen uns gegenseitig«, sagte mein Freund würdevoll. »Wenn Sie uns nach unten folgen wollen, dürften wir in der Lage sein, einander über diese betrübliche Angelegenheit aufzuklären.«

Eine Minute darauf saßen der grimmige Doktor und wir unten im Wohnzimmer.

»Nun, Sir?« fragte er.

»Zunächst einmal möchte ich Ihnen klarmachen, daß ich nicht für Lord Mount-James arbeite und daß meine Sympathien in dieser Sache ganz und gar nicht auf seiten jenes Adligen sind. Wenn ein Mann verschwindet, ist es meine Pflicht, sein Schicksal zu ermitteln, doch wenn ich das getan habe, ist die Angelegenheit für mich beendet; und solange nichts Kriminelles mit im Spiel ist, liegt mir viel mehr daran, private Skandale zu vermeiden, als ihnen zu Publizität zu verhelfen. Wenn, wie ich mir einbilde, in diesem Fall hier kein Gesetzesbruch vorliegt, können Sie sich auf meine Diskretion und meine Mithilfe dabei, die Tatsachen nicht in die Zeitungen gelangen zu lassen, vollkommen verlassen!«

Dr. Armstrong trat rasch vor und drückte Holmes die Hand.

»Sie sind ein guter Mann«, sagte er. »Ich hatte Sie falsch eingeschätzt. Ich danke dem Himmel dafür, daß meine Gewissensbisse, den armen Staunton in seinem schlimmen Zustand ganz allein gelassen zu haben, mich dazu veranlaßt haben, meinen Wagen zu wenden und so Ihre Bekanntschaft gemacht zu haben. Wenn man schon soviel weiß wie Sie, ist die Situation sehr leicht zu erklären. Vor einem Jahr wohnte Godfrey Staunton eine Zeitlang in London, wo er sich leidenschaftlich in die Tochter seiner Hauswirtin verliebte, die er auch heiratete. Sie war so gut, wie sie schön war, und so intelligent wie gut. Kein Mann braucht sich wegen einer solchen Frau zu schämen. Aber Godfrey war der Erbe dieses griesgrämigen alten Adligen, und es stand ziemlich fest, daß die Nachricht von seiner Verehelichung das Ende seiner Erbschaft bedeutet hätte. Ich kannte den Jungen gut, und ich mochte ihn wegen seiner vielen ausgezeichneten Eigenschaften. Ich tat, was ich konnte, um ihm zu helfen, die Dinge in Ordnung zu halten. Wir taten unser Allerbestes, die Sache vor jedermann geheimzuhalten, denn wenn ein solches Gerücht erst einmal in Umlauf kommt, weiß es binnen kurzem jeder. Dank dieses einsamen Häuschens und seiner Verschwiegenheit hatte Godfrey bis jetzt Erfolg. Ihr

Geheimnis war niemandem bekannt als mir und einem ausgezeichneten Diener, der augenblicklich in Trumpington ist, um Hilfe zu holen. Schließlich aber schlug das Schicksal furchtbar zu, und seine Frau wurde gefährlich krank. Es war Schwindsucht der bösartigsten Sorte. Der arme Junge war halb wahnsinnig vor Kummer, und doch mußte er nach London fahren, um an diesem Spiel teilzunehmen; denn er konnte sich dem nicht ohne irgendwelche Erklärungen entziehen, die sein Geheimnis ans Licht gebracht hätten. Ich versuchte ihn durch ein Telegramm aufzumuntern, worauf er mir antwortete und mich anflehte, alles zu tun, was in meinen Kräften stünde. Dies war das Telegramm, das Ihnen auf irgendeine unerklärliche Weise bekanntgeworden zu sein scheint. Ich habe ihm nicht gesagt, wie dringend die Gefahr war, da ich wußte, daß er hier nicht helfen konnte, doch dem Vater des Mädchens habe ich die Wahrheit geschrieben, und er hat höchst unbesonnen Godfrey davon Mitteilung gemacht. Mit dem Ergebnis, daß er in einem Zustand, der an Raserei grenzte, unverzüglich hierherkam; und in diesem Zustand verharrte er, am Fußende ihres Bettes kniend, bis heute morgen der Tod ihrem Leiden ein Ende machte. Das ist alles, Mr. Holmes, und ich bin sicher, daß ich auf Ihre Diskretion und die Ihres Freundes zählen kann.«

Holmes schüttelte dem Doktor die Hand.

»Kommen Sie, Watson«, sagte er, und wir traten aus diesem Haus der Trauer hinaus ins bleiche Sonnenlicht des Winters.

DER ILLUSTRE KLIENT

»Jetzt kann es keinen Schaden mehr anrichten«, lautete Mr. Sherlock Holmes' Kommentar, als ich wohl zum zehnten Mal in ebenso vielen Jahren seine Einwilligung erbat, die folgende Geschichte zu enthüllen. So erhielt ich endlich doch noch die Erlaubnis, das schriftlich festzuhalten, was in mancherlei Hinsicht den Höhepunkt in der Laufbahn meines Freundes bezeichnete.

Sowohl Holmes als auch ich hatten eine Schwäche für das türkische Dampfbad. Nirgendwo sonst habe ich ihn weniger verschwiegen und menschlicher erlebt als beim Rauchen in der wohligen Schlaffheit des Ruheraumes. Im oberen Stockwerk des Etablissements in der Northumberland Avenue gibt es eine abgesonderte Ecke, wo zwei Liegesofas nebeneinander stehen, und auf ebendiesen lagen wir am 3. September 1902, dem Tag, da meine Geschichte beginnt. Ich hatte ihn gefragt, ob es irgend etwas Aufregendes gebe, und als Antwort war aus den Laken, die ihn umhüllten, sein langer, dünner, sehniger Arm geschossen und hatte aus der Innentasche seines neben ihm hängenden Mantels einen Briefumschlag gezogen.

»Vielleicht handelt es sich nur um einen grundlos aufgeregten, wichtigtuerischen Narren, vielleicht geht es aber auch um Leben oder Tod«, sagte er, als er mir das Billett reichte. »Mehr als das, was diese Nachricht mir mitteilt, weiß ich nicht.«

Sie kam aus dem Carlton Club und datierte vom vergangenen Abend. Folgendes las ich:

Sir James Damery empfiehlt sich Mr. Sherlock Holmes und beabsichtigt, ihn morgen um 16.30 Uhr aufzusuchen. Sir James erlaubt sich zu erwähnen, daß die Angelegenheit, in der er Mr. Holmes zu konsultieren wünscht, höchst delikat und überdies äußerst wichtig ist. Er hofft daher zuversichtlich, daß Mr. Holmes sein Bestes tun wird, diese Unterredung zu gewähren, und daß er dies durch einen telephonischen Anruf im Carlton Club bestätigt.

»Ich brauche wohl nicht zu erwähnen, daß ich es bestätigt habe, Watson«, sagte Holmes, als ich ihm das Papier zurückgab. »Wissen Sie irgend etwas über diesen Damery?«

»Nur, daß sein Name in der Gesellschaft geläufig ist.«

»Na, da kann ich Ihnen noch etwas mehr verraten. Er genießt einen ziemlichen Ruf als Vermittler bei delikaten Angelegenheiten, die nicht in die Zeitung kommen sollen. Sie erinnern sich vielleicht an seine Verhandlungen mit Sir George Lewis über den Hammerford-Will-Fall. Er ist ein Mann von Welt mit einer natürlichen Veranlagung zur Diplomatie. Ich bin daher gewiß, daß dies keine falsche Fährte ist und daß er unseren Beistand auch wirklich benötigt.«

»Unseren?«

»Nun, wenn Sie die Güte hätten, Watson.«

»Es soll mir eine Ehre sein.«

»Na denn, die Stunde ist Ihnen bekannt – sechzehn Uhr dreißig. Bis dahin können wir die Angelegenheit vergessen.«

Ich hatte damals meine eigene Wohnung in der Queen Anne Street, fand mich jedoch schon vor der angegebenen Zeit in der Baker Street ein. Punkt halb fünf wurde Colonel Sir James Damery gemeldet. Ihn zu beschreiben, ist wohl kaum erforderlich, denn viele werden sich dieser stattlichen, freimütigen und rechtschaffenen Persönlichkeit erinnern, jenes breiten, glattrasierten Gesichtes und vor allem jener angenehmen, sanften Stimme. Offenheit strahlte aus den grauen irischen Augen, und gute Laune umspielte die lebhaften, lächelnden Lippen. Sein glänzender Zylinder, der dunkle Gehrock –: von der Perlennadel in der schwarzen Seidenkrawatte bis zu den lavendelfarbenen Gamaschen über den Lackschuhen besprach in der Tat jedes Detail die penible Sorgfalt seiner Kleidung, für die er berühmt war. Der große, gebieterische Aristokrat beherrschte das kleine Zimmer.

»Selbstverständlich war ich darauf vorbereitet, auch Dr. Watson anzutreffen«, bemerkte er mit einer höflichen Verbeugung. »Seine Mitarbeit ist vielleicht sogar höchst erforderlich; bei diesem Fall, Mr. Holmes, haben wir es nämlich mit einem Mann zu tun, für den Gewalt etwas Alltägliches bedeutet und der buchstäblich vor nichts zurückschreckt. Ich möchte behaupten, es gibt keinen gefährlicheren Mann in Europa.«

»Ich hatte bereits mehrere Gegner, auf die man diese schmeichelhafte Bezeichnung anwandte«, sagte Holmes lächelnd. »Sie rauchen nicht? Dann entschuldigen Sie bitte, wenn ich mir meine Pfeife anzünde. Wenn Ihr Mann gefährlicher ist als der verstorbene Professor Moriarty oder der noch lebende Colonel Sebastian Moran, dann lohnt es sich in der Tat, ihn kennenzulernen. Darf ich fragen, wie er heißt?«

»Haben Sie schon einmal von Baron Gruner gehört?«

»Sie meinen den österreichischen Mörder?«

Colonel Damery hob lachend die in Glacéhandschuhen steckenden Hände. »Ihnen entgeht wohl gar nichts, Mr. Holmes! Wundervoll! Sie halten ihn also bereits für einen Mörder?«

»Es gehört zu meinem Beruf, die Verbrechen auf dem Kontinent eingehend zu verfolgen. Wie könnte jemand, der irgend etwas über die Geschehnisse in Prag gelesen hat, noch an der Schuld dieses Mannes zweifeln! Es war doch lediglich ein juristischer Kunstkniff und der verdächtige Tod eines Zeugen, was ihn rettete! Ich bin so sicher, daß er seine Frau getötet hat, als sich der sogenannte ›Unfall‹ am Splügenpaß ereignete, als ob ich ihm dabei zugeschaut hätte. Ich wußte auch, daß er nach England gekommen war, und mir schwante bereits, daß er mir früher oder später zu schaffen machen würde. Nun, was hat Baron Gruner denn angestellt? Ich nehme doch an, man hat nicht diese alte Tragödie wieder aufgegriffen?«

»Nein, es handelt sich um etwas Ernsteres. Ein Verbrechen zu ahnden, ist wichtig; aber es zu verhindern, ist noch wichtiger. Es ist schrecklich, Mr. Holmes, wenn man erkennt, wie sich ein entsetzliches Ereignis, eine gräßliche Situation vor den eigenen Augen anbahnt; wenn man klar begreift, wohin das führen muß, und dennoch gänzlich außerstande ist, es abzuwenden. Kann ein Mensch in eine mißlichere Lage geraten?«

»Wahrscheinlich nicht.«

»Dann werden Sie dem Klienten, dessen Interessen ich vertrete, Ihr Mitgefühl nicht versagen.«

»Ich wußte nicht, daß Sie nur Vermittler sind. Wer ist denn Ihr Auftraggeber?«

»Mr. Holmes, ich muß Sie bitten, nicht auf dieser Frage zu bestehen. Es ist wichtig, daß ich ihm zusichern kann, daß sein angesehener Name auf keinen Fall in die Sache mit hineingezogen wird. Seine Beweggründe sind in höchstem Maße ehrenhaft und ritterlich, aber er zieht es vor, unerkannt zu bleiben. Ich brauche wohl nicht zu betonen, daß Ihr Honorar gesichert ist und daß man Ihnen vollkommen freie Hand läßt. Der wirkliche Name Ihres Klienten ist doch gewiß ohne Belang?«

»Bedaure«, sagte Holmes. »Ich bin es zwar gewohnt, daß bei meinen Fällen am einen Ende ein Rätsel steht; aber an beiden Enden – das ist zu verwirrend. Ich fürchte, Sir James, ich muß ablehnen.«

Unser Besucher war sehr verstört. Sein breites, empfindsames Gesicht verdüsterte sich vor Erregung und Enttäuschung.

»Sie sind sich der Konsequenz Ihrer Handlungsweise wohl kaum bewußt, Mr. Holmes«, sagte er. »Sie bringen mich in ein äußerst ernstes Dilemma – ich bin mir nämlich sicher, daß Sie den Fall mit Stolz übernähmen, wenn ich Ihnen die Fakten mitteilen könnte; aber ein Versprechen verbietet mir, sie gänzlich zu enthüllen. Darf ich Ihnen wenigstens das darlegen, was mir anzugeben möglich ist?«

»Durchaus, solange wir darüber einig sind, daß ich mich dadurch zu nichts verpflichte.«

»Das versteht sich von selbst. Zunächst einmal: Sie haben doch zweifellos schon von General de Merville gehört?«

»Der berühmte de Merville vom Khyberpaß? Ja, ich habe von ihm gehört.«

»Er hat eine Tochter, Violet de Merville, jung, reich, schön, gebildet – ein Wunderweib in jeder Beziehung. Und just diese Tochter, dieses liebliche, unschuldige Mädchen aus den Klauen eines Satans zu retten, sind wir zur Zeit bemüht.«

»Dann hat also Baron Gruner eine gewisse Macht über sie?«

»Die stärkste aller Mächte, die für eine Frau von Belang sind – die Macht der Liebe. Der Bursche sieht, wie Sie vielleicht schon gehört haben, außerordentlich gut aus, hat bezaubernde Manieren, eine sanfte Stimme und jenes Air von Romantik und Geheimnis, das einer Frau so viel bedeutet. Es heißt, daß ihm das ganze weibliche Geschlecht zu Füßen liege und daß er sich diesen Umstand auch weidlich zunutze mache.«

»Aber wie kommt ein solcher Mann dazu, eine Lady vom Stand der Miss Violet de Merville kennenzulernen?«

»Es geschah auf einer Yachtreise im Mittelmeer. Obwohl es sich um eine geschlossene Gesellschaft handelte, bezahlte jeder die Passage selbst. Ohne Zweifel waren sich die Veranstalter über den wahren Charakter des Barons erst im klaren, als es zu spät war. Der Schurke nahm die Lady für sich ein, und das mit solchem Erfolg, daß er voll und ganz ihr Herz gewonnen hat. Die Feststellung, daß sie ihn liebt, drückt den Sachverhalt nur unzureichend aus. Sie ist vernarrt in ihn, sie ist von ihm besessen. Außer ihm gibt es nichts auf der Welt. Sie will kein Wort gegen ihn hören. Alles wurde bereits unternommen, um sie von ihrer Verrücktheit zu kurieren, aber vergeblich. Kurz, sie beabsichtigt, ihn nächsten Monat zu heiraten. Da sie volljährig ist und einen eisernen Willen hat, ist guter Rat teuer, wie man sie daran hindern könnte.«

»Weiß sie von der österreichischen Episode?«

»Der schlaue Teufel hat ihr von jedem schmutzigen öffentlichen Skandal seiner Vergangenheit erzählt; aber immer so, daß er sich dabei als unschuldigen Märtyrer darstellt. Sie nimmt ihm seine Version uneingeschränkt ab und will von keiner anderen hören.«

»Meine Güte! Aber ist Ihnen nun der Name Ihres Klienten nicht doch noch unabsichtlich entschlüpft? Zweifellos handelt es sich um General de Merville.«

Unser Besucher ruckte unruhig auf seinem Stuhl hin und her.

»Ich könnte Sie ja täuschen, indem ich es behauptete, Mr. Holmes; aber es wäre nicht die Wahrheit. De Merville ist ein gebrochener Mann. Der unbeugsame Soldat wurde von diesem Vorfall vollständig demoralisiert. Er hat den Mut, der ihn auf dem Schlachtfeld nie im Stich ließ, verloren und ist zu einem schwachen, zitternden Greis geworden, der völlig unfähig ist, es mit einem brillanten, kräftigen Halunken wie diesem Österreicher aufzunehmen. Mein Klient ist jedenfalls ein alter Freund – einer, der den General seit vielen Jahren genau kennt und an diesem jungen Mädchen, schon seit sie noch Kinderkleidchen trug, väterliches Interesse nimmt. Er kann nicht tatenlos mit ansehen, wie sich diese Tragödie vollzieht. Für Scotland Yard gibt es hierbei keinerlei Handhabe. Es war sein Vorschlag, Sie zu konsultieren; aber dies geschah, wie ich schon erwähnt habe, unter der ausdrücklichen Bedingung, daß er persönlich nicht in die Sache hineingezogen würde. Ich zweifle nicht daran, Mr. Holmes, daß Sie mit Ihren hervorragenden Fähigkeiten die Spur zu meinem Klienten mühelos zurückverfolgen könnten, aber ich muß Sie bitten, es als Ehrensache zu betrachten, daß Sie dies unterlassen und sein Inkognito nicht verletzen.«

Holmes lächelte verschmitzt.

»Ich glaube, das kann ich mit Sicherheit versprechen«, sagte er. »Ich möchte hinzufügen, daß mich Ihr Problem interessiert und daß ich bereit bin, mich damit zu befassen. Wie kann ich mit Ihnen in Verbindung bleiben?«

»Man findet mich über den Carlton Club. Aber für Notfälle gibt es einen privaten Telephonanschluß: XX. 31.«

Holmes notierte die Nummer und saß, noch immer lächelnd, mit dem geöffneten Notizbuch auf dem Knie da.

»Und die gegenwärtige Adresse des Barons, bitte?«

»Vernon Lodge, in der Nähe von Kingston. Es ist ein großes Haus. Er hatte bei einigen ziemlich anrüchigen Spekulationen Glück und ist ein reicher Mann, was ihn natürlich zu einem noch gefährlicheren Gegner macht.«

»Hält er sich gegenwärtig zu Hause auf?«

»Ja.«

»Können Sie mir abgesehen von dem, was Sie mir bereits mitgeteilt haben, noch weitere Informationen über den Mann geben?«

»Er hat kostspielige Neigungen. Er ist Pferdezüchter. Eine kurze Zeit lang spielte er Polo in Hurlingham, aber dann erregte diese Prager Affäre Aufsehen, und er mußte damit aufhören. Er sammelt Bücher und Gemälde. Er hat auch eine ausgeprägte künstlerische Seite. Er ist, soviel ich weiß, eine anerkannte Autorität für chinesische Keramik und hat darüber bereits ein Buch geschrieben.«

»Ein vielseitiger Geist«, sagte Holmes. »Das haben alle großen Verbrecher so an sich. Mein alter Freund Charlie Peace war ein Violinvirtuose. Wainwright war kein übler Künstler. Ich könnte noch viele anführen. Nun gut, Sir James, Sie können Ihrem Klienten ausrichten, daß ich mein Augenmerk auf Baron Gruner richten werde. Mehr kann ich jetzt nicht sagen. Ich besitze ein paar eigene Informationsquellen und glaube, wir werden Mittel und Wege finden, die Sache in Gang zu setzen.«

Als unser Besucher gegangen war, saß Holmes so lange in tiefen Gedanken da, daß es mir vorkam, als habe er meine Anwesenheit vergessen. Aber schließlich fand er unvermittelt auf den Boden der Wirklichkeit zurück.

»Na, Watson, schon eine Idee?« fragte er.

»Ich würde es für das beste halten, wenn Sie einmal mit der jungen Lady selbst sprächen.«

»Mein lieber Watson, wenn ihr armer alter gebrochener Vater sie nicht umstimmen kann, wie soll dann ich, ein Fremder, es schaffen? Falls jedoch alle Stricke reißen, hat der Vorschlag etwas für sich. Aber ich glaube, wir müssen den Hebel woanders ansetzen. Ich könnte mir durchaus vorstellen, daß Shinwell Johnson uns dabei weiterhilft.«

Ich hatte in diesen Memoiren noch keine Gelegenheit, Shinwell Johnson zu erwähnen, weil ich meine Darstellungen nur selten den späteren Phasen der Karriere meines Freundes entnommen habe. Er wurde während der ersten Jahre dieses Jahrhunderts zu einem wertvollen Gehilfen. Johnson, ich sage es mit Bedauern, machte sich zuerst als sehr gefährlicher Schurke einen Namen und büßte zweimal eine Strafe in Parkhurst ab. Schließlich bereute er und verbündete sich mit Holmes, indem er als sein Agent in Londons riesiger Unterwelt agierte und zu Informationen gelangte, die sich oft als lebenswichtig erwiesen. Wäre Johnson ein Polizeispitzel gewesen, hätte man ihn bald entlarvt; aber da er sich nur auf Fälle einließ, die nicht gleich vor Gericht kamen, wurden seine Aktivitäten von seinen Kumpanen niemals bemerkt. Der Glanz seiner beiden Verurteilungen verschaffte ihm Zutritt zu jedem Nachtclub, jeder Absteige und jeder Spielhölle der Stadt, und seine scharfe Beobachtungsgabe sowie sein rascher Verstand machten ihn zu einem idealen Agenten für die Beschaffung von Informationen. Und just an diesen Mann gedachte Sherlock Holmes sich nun zu wenden.

Es war mir nicht möglich, Holmes' unmittelbar anschließende Schritte zu verfolgen, da ich meinerseits einige dringende berufliche Verpflichtungen hatte; aber ich traf ihn, wie verabredet, noch am gleichen Abend im Simpson's, wo wir an einem kleinen Tisch am Vorderfenster saßen, auf den dahinrauschenden Lebensstrom des Strand hinabblickten und er mir einiges von dem erzählte, was inzwischen geschehen war.

»Johnson ist schon auf der Pirsch«, sagte er. »Er wird in den dunkleren Schlupfwinkeln der Unterwelt wohl manchen Unrat auflesen, denn genau dort unten, inmitten der schwarzen Wurzeln des Verbrechens, müssen wir auf die Geheimnisse dieses Mannes Jagd machen.«

»Wenn aber die Lady nicht glauben will, was längst bekannt ist, warum sollte dann irgendeine neue Enthüllung von Ihnen sie von ihrem Vorsatz abbringen?«

»Wer weiß, Watson? Frauenherz und Frauensinn sind dem Manne unlösbare Rätsel. Sie mögen einen Mord verzeihen oder rechtfertigen; aber irgendein geringeres Vergehen kann ihr Herz zernagen. Baron Gruner sagte mir . . .«

»Er sagte Ihnen!«

»Ach so, natürlich, ich hatte Ihnen ja nichts von meinen Plänen erzählt. Tja, Watson, ich liebe nun mal die direkte Auseinandersetzung mit meinem Gegner. Ich stehe ihm gerne Auge in Auge gegenüber und deute mir selbst den Stoff, aus dem er gemacht ist. Nachdem ich Johnson seine Instruktionen erteilt hatte, nahm ich eine Droschke nach Kingston und traf den Baron in höchst leutseliger Stimmung an.«

»Wußte er, wer Sie sind?«

»Das war nicht schwierig, ich habe ihm nämlich einfach meine Karte geschickt. Er ist ein vortrefflicher Gegner, eiskalt, mit seidenweicher Stimme; er wirkt besänftigend wie eine Ihrer ärztlichen Autoritäten und ist gleichwohl giftig wie eine Kobra. Er besitzt Lebensart – ein echter Aristokrat des Verbrechens, der einem obenhin den Nachmittagstee anbietet, während darunter die ganze Grausamkeit des Grabes lauert. Ja, ich bin froh, daß meine Aufmerksamkeit auf Baron Adelbert Gruner gelenkt worden ist.«

»Sie sagen, er war leutselig?«

»Ein schnurrender Kater, der sich seiner Mäuse sicher fühlt. Die Leutseligkeit mancher Menschen ist tödlicher als die Gewalttätigkeit gröberer Seelen. Seine Begrüßung war charakteristisch. ›Ich dachte mir fast, daß ich Sie früher oder später kennenlernen würde, Mr. Holmes‹, sagte er. ›Zweifellos hat Sie General de Merville engagiert, damit Sie sich bemühen, meine Heirat mit seiner Tochter Violet zu verhindern. So ist es doch, nicht wahr?‹

Ich gab es zu.

›Mein Lieber‹, sagte er, ›Sie werden sich dabei nur Ihren wohlverdienten Ruf ruinieren. Das ist kein Fall, den Sie erfolgreich abschließen könnten. Fruchtlose Arbeit käme auf Sie zu, zu schweigen von mancher Gefahr, der Sie sich aussetzen würden. Lassen Sie mich Ihnen aufs nachdrücklichste raten, sich unverzüglich aus der Sache zurückzuziehen.‹

›Seltsam‹, antwortete ich, ›aber genau diesen Rat wollte ich Ihnen eigentlich geben. Ich achte Ihren Verstand hoch, Baron, und das wenige, was ich von Ihrer Person bis jetzt kennengelernt habe, hat meine Wertschätzung nicht verringert. Ich will von Mann zu Mann an Sie appellieren. Niemand möchte Ihre Vergangenheit aufrühren und Ihnen unnötige Unannehmlichkeiten bereiten. Das ist vorbei, und die Wogen haben sich nun geglättet für Sie; aber wenn Sie auf dieser Heirat bestehen, werden Sie einen Schwarm von mächtigen Feinden heraufbeschwören, die Sie so lange nicht in Ruhe lassen, bis Ihnen der Boden Englands zu heiß geworden ist. Ist das die Sache wert? Sie täten wahrhaftig klüger daran, die Lady in Ruhe zu lassen. Es wäre nicht angenehm für Sie, wenn man sie mit den Taten Ihrer Vergangenheit bekanntmachen würde.‹

Der Baron trägt einen Schnurrbart mit kleinen gewichsten Spitzen – wie die kurzen Fühler eines Insekts. Diese zitterten vor Vergnügen, während er zuhörte; schließlich brach er in ein leises Kichern aus.

›Entschuldigen Sie meine Heiterkeit, Mr. Holmes‹, sagte er, ›aber es ist wirklich drollig anzuschauen, wie Sie ohne ein Blatt in der Hand versuchen, Ihre Karten auszuspielen. Ich glaube zwar nicht, daß dies irgend jemand besser könnte als Sie, aber ziemlich rührend ist es trotzdem. Keinen einzigen Trumpf in der Hand, Mr. Holmes, nichts als die allerschlechtesten Karten.‹

›Das glauben Sie.‹

›Das weiß ich. Lassen Sie sich das von mir klar gesagt sein; mein eigenes Blatt ist nämlich so stark, daß ich mir leisten kann, es aufzudecken. Ich war so glücklich, die völlige Zuneigung dieser Lady zu gewinnen. Und die schenkte sie mir trotz der Tatsache, daß ich ihr ganz offen von all den unglücklichen Vorfällen meiner Vergangenheit erzählt habe. Ich sagte ihr auch, daß gewisse böswillige und hinterhältige Personen – ich hoffe, Sie erkennen darin sich selbst wieder – zu ihr kommen und ihr all diese Dinge erzählen würden, und habe sie darauf hingewiesen, wie man diesen Leuten begegnet. Sie haben doch schon einmal von posthypnotischer Suggestion gehört, Mr. Holmes? Nun, Sie werden ja sehen, wie sie wirkt; ein Mann von Persönlichkeit kann von der Hypnose nämlich ohne vulgäre Handauflegungen und Mätzchen Gebrauch machen. Sie ist also auf Sie vorbereitet und wird Ihnen wohl, daran zweifle ich nicht, eine Zusammenkunft gewähren, da sie ja dem Willen ihres Vaters absolut ergeben ist – mit Ausnahme dieser einen kleinen Sache.‹

Tja, Watson, mehr gab es anscheinend nicht zu sagen, deshalb verabschiedete ich mich mit so viel kalter Würde, wie ich nur aufbringen konnte; doch als ich die Hand bereits an der Türklinke hatte, hielt er mich auf.

›Übrigens, Mr. Holmes‹, sagte er, ›kannten Sie Le Brun, den französischen Agenten?‹

›Ja‹, sagte ich.

›Wissen Sie auch, was ihm zugestoßen ist?‹

›Ich habe gehört, daß er im Stadtteil Montmartre von einigen Apachen niedergeschlagen und lebenslänglich zum Krüppel gemacht wurde.‹

›Sehr richtig, Mr. Holmes. Ein merkwürdiger Zufall wollte es, daß er sich erst eine Woche zuvor noch eingehend mit meinen Angelegenheiten beschäftigt hatte. Lassen Sie es bleiben, Mr. Holmes; es bringt kein Glück. Schon manche haben diese Erfahrung gemacht. Mein letztes Wort an Sie lautet: Gehen Sie Ihrer Wege, und lassen Sie mich die meinigen gehen. Good bye!‹

So, das wär's, Watson. Nun sind Sie auf dem laufenden.«

»Der Bursche scheint gefährlich zu sein.«

»Überaus gefährlich. Einem Großmaul schenke ich keine Beachtung, aber der hier gehört zu der Sorte von Männern, die weniger sagen, als sie eigentlich denken.«

»Müssen Sie sich denn unbedingt einmischen? Ist es denn wirklich so wichtig, ob er das Mädchen heiratet?«

»Wenn ich in Betracht ziehe, daß er seine letzte Ehefrau ohne jeden Zweifel ermordet hat, würde ich sagen, es ist sehr wichtig. Außerdem, der Klient! Je nun, wir brauchen das nicht weiter zu erörtern. Wenn Sie Ihren Kaffee getrunken haben, kommen Sie am besten mit mir nach Hause; vermutlich wartet dort nämlich schon der muntere Shinwell mit seinem Bericht.«

Wir trafen ihn tatsächlich an – ein riesiger, ungeschlachter, vom Skorbut befallener Mann mit rotem Gesicht und einem Paar lebhafter schwarzer Augen, die als einziges äußeres Kennzeichen seine außerordentliche Gerissenheit verrieten. Er war anscheinend in sein ganz spezielles Reich hinabgetaucht: Neben ihm auf dem Sofa saß ein Musterexemplar, das er mit heraufgebracht hatte, eine schlanke, flammenartige junge Frau mit blassem, angespanntem Gesicht; es war jugendlich und doch schon so ausgelaugt von Sünde und Sorge, daß man ablesen konnte, was für schreckliche Jahre ihre leprösen Spuren hinterlassen hatten.

»Das ist Miss Kitty Winter«, sagte Shinwell Johnson, indem er sie mit einem Wink seiner feisten Hand vorstellte. »Was die nicht alles weiß ... Na, das kannse ja selber sagen. Hab sie schnurstracks aufgetrieben, noch nicht mal 'ne Stunde nach Ihrer Nachricht.«

»Bin ja auch leicht zu finden«, sagte die junge Frau. »Hölle, Zweigstelle London, das geht nie fehl. Gleiche Adresse wie Porky Shinwell. Wir sind ja auch alte Kumpel, Porky, du und ich. Aber potz Teufel! Da gibt's einen, der müßt in einer noch schlimmeren Hölle schmoren als wir, wenn's in dieser Welt irgendeine Gerechtigkeit gäb! Und das ist der Mann, hinter dem Sie her sind, Mr. Holmes.«

Holmes lächelte. »Demnach begleiten uns dabei Ihre guten Wünsche, Miss Winter.«

»Wenn ich mithelfen kann, ihn dahin zu bringen, wo er hingehört, bin ich bis zum letzten Schnaufer die Ihrige«, sagte unsere Besucherin mit wildem Nachdruck. In ihrem weißen, starren Gesicht und den lodernden Augen lag Haß von einer Intensität, zu der Frauen nur selten und Männer wohl nie fähig sind. »Sie brauchen nicht meine Vergangenheit auszuforschen, Mr. Holmes. Die tut hier nix zur Sache. Außer daß mich Adelbert Gruner zu der gemacht hat, die ich bin. Wenn ich ihn bloß mit runterziehen könnte!« Ihre Hände griffen wie rasend in die Luft. »Oh, wenn ich ihn nur in den Abgrund ziehen könnte, in den er schon so viele getrieben hat!«

»Sie wissen also, wie die Dinge liegen?«

»Porky Shinwell hat's mir gerade erzählt. Er ist hinter irgend'ner anderen armen Närrin her und will sie diesmal sogar heiraten. Und Sie wollen das durchkreuzen. Na, Sie wissen ja sicher genug über diesen Teufel, um zu verhindern, daß ein anständiges Mädchen, was noch bei Sinnen ist, mit ihm in derselben Kirche stehen möchte.«

»Sie ist aber nicht bei Sinnen. Sie ist wahnsinnig verliebt. Man hat ihr bereits alles über ihn erzählt. Es kümmert sie nicht.«

»Auch über den Mord?«

»Ja.«

»Mein Gott, muß die Nerven haben!«

»Sie tut das Ganze als Verleumdung ab.«

»Könnten Sie ihr nicht 'n Beweis vor die einfältigen Augen halten?«

»Nun, können Sie uns denn dabei helfen?«

»Bin ich nicht selbst Beweis genug? Wenn ich mich vor sie hinstelle und ihr erzähle, wie er mich benutzt hat ...«

»Das würden Sie tun?«

»Na, und ob!«

»Nun, einen Versuch könnte es wert sein. Er hat ihr allerdings die meisten seiner Sünden bereits gebeichtet, und sie hat sie ihm verziehen; ich nehme an, sie will diese Frage nicht wieder aufgreifen.«

»Ich könnt wetten, er hat ihr nicht alles gebeichtet«, sagte Miss Winter. »Ich hab nämlich ein oder zwei Morde so am Rand mitbekommen; und zwar andere als den einen, der so viel Wirbel gemacht hat. Ab und zu hat er in seiner samtweichen Art von jemand gesprochen und mich dann unverwandt

angeguckt und gesagt: ›Noch im selben Monat war er tot.‹
Und das war nicht bloß heiße Luft. Aber es hat mich nicht
weiter bekümmert – verstehen Sie, ich war ja damals selber
in ihn verliebt. Mir war immer alles recht, was er getan hat,
so wie dieser armen Närrin auch! Eins hat mich allerdings
mal ins Wanken gebracht. Ja, potz Teufel! Wenn nicht sein gif-
tiges, verlogenes Mundwerk gewesen wär, mit dem er alles erklärt und einen einlullt, dann hätt ich ihn noch in derselben
Nacht verlassen. Er hat da nämlich so 'n Buch – 'n braunes Le-
derbuch mit Verschluß und seinem Goldwappen obendrauf.
Ich glaub, er war in der Nacht 'n bißchen betrunken, sonst hätt
er mir's bestimmt nicht gezeigt.«

»Was war denn damit?«

»Ich sag Ihnen, Mr. Holmes, dieser Mann sammelt Frauen
wie andere Leute Falter oder Schmetterlinge, und er ist ebenso
stolz auf seine Sammlung. In dem Buch war alles drin. Schnapp-
schüsse, Namen, ausführliche Beschreibungen – einfach alles
über sie. 'n hundsgemeines Buch war das – 'n Buch, wie's nicht
mal einer aus der Gosse hätt zusammenstellen können. Und
trotzdem war das Adelbert Gruners Buch. ›Seelen, von mir zu-
grunde gerichtet‹ – das hätt er obendrauf schreiben können,
wenn er gewollt hätt. Aber das tut hier nix zur Sache, das Buch
würd Ihnen nämlich nix nützen, und selbst wenn – Sie kommen doch nicht ran.«

»Wo ist es?«

»Wie soll ich das wissen, wo's jetzt ist? Es ist ja schon mehr
als ein Jahr her, daß ich ihn verlassen hab. Ich weiß, wo er's damals aufbewahrt hat. Er ist ja in vielen Dingen pingelig und
säuberlich wie 'ne Katze, deshalb ist es vielleicht immer noch
im Brieffach von dem alten Schreibpult im hinteren Arbeitszimmer. Kennen Sie sein Haus?«

»Ich war bereits in seinem Arbeitszimmer«, sagte Holmes.

»Wirklich? Da waren Sie aber schon ganz schön fleißig, wenn Sie erst heut früh angefangen haben. Vielleicht hat der liebe Adelbert diesmal seinen Meister gefunden. Das vordere Arbeitszimmer ist das mit dem chinesischen Geschirr – in dem großen Glasschrank zwischen den Fenstern. Und hinter'm Schreibtisch ist dann die Tür, die zum hinteren Arbeitszimmer führt – 'n kleiner Raum, wo er Papiere und anderen Kram aufbewahrt.«

»Hat er denn keine Angst vor Einbrechern?«

»Adelbert ist kein Feigling. Nicht mal sein schlimmster Feind könnt das von ihm behaupten. Er kann auf sich selber aufpassen. Für die Nacht ist 'ne Alarmglocke da. Außerdem, was gibt's dort für'n Einbrecher groß zu holen? Höchstens, daß er mit dem ganzen feinen Geschirr abhaut.«

»Lohnt sich nicht«, sagte Shinwell Johnson im entschiedenen Tonfall des Experten. »Kein Hehler will Ware, die er weder einschmelzen noch verkaufen kann.«

»Ganz recht«, sagte Holmes. »Nun denn, Miss Winter, wenn Sie morgen abend um fünf hierherkommen wollen, könnte ich in der Zwischenzeit darüber nachdenken, ob sich Ihr Vorschlag, die Lady persönlich aufzusuchen, nicht doch durchführen ließe. Ich bin Ihnen für Ihre Mitarbeit außerordentlich verbunden. Ich brauche wohl nicht zu erwähnen, daß meine Klienten eine großzügige Belohnung . . .«

»Kein Wort davon, Mr. Holmes«, rief die junge Frau. »Ich bin nicht auf Geld aus. Ich will diesen Mann im Dreck liegen sehen, dann hab ich alles erreicht, was ich wollte – im Dreck, und mein Fuß auf seiner verfluchten Fratze. Das ist mein Lohn. Ich bin morgen dabei oder an jedem anderen Tag – so lang, wie Sie ihm auf der Spur sind. Porky hier kann Ihnen immer sagen, wo ich zu finden bin.«

Ich sah Holmes erst am folgenden Abend wieder, als wir erneut in unserem Restaurant am Strand speisten. Als ich ihn fragte, ob er mit seiner Unterredung Glück gehabt habe, zuckte er mit den Achseln. Dann erzählte er die Geschichte, die ich wie folgt wiedergeben möchte. Sein harter, trockener Bericht bedarf allerdings einer behutsamen auflockernden Bearbeitung, um ihn in die Ausdrucksweise des wirklichen Lebens zu überführen.

»Die Verabredung zu treffen, war überhaupt nicht schwierig«, sagte Holmes; »das Mädchen macht sich ein Vergnügen daraus, in allen nebensächlichen Dingen eine unterwürfige kindliche Gehorsamkeit an den Tag zu legen, mit der sie versucht, ihre krasse Widersetzlichkeit in Sachen Verlöbnis wiedergutzumachen. Der General rief an, daß alles bereit sei, und planmäßig erschien auch die feurige Miss W., so daß uns um halb sechs eine Droschke vor den Toren von 104, Berkeley Square absetzte, wo der alte Kämpe residiert – eines von diesen scheußlichen grauen Londoner Schlössern, neben denen eine Kirche sich frivol ausnähme. Ein Lakai führte uns in ein großes Empfangszimmer mit gelben Vorhängen, und dort erwartete uns bereits die Lady: ernst, blaß, verschlossen – so unerschütterlich und entrückt wie eine Schneestatue auf einem Berg.

Ich weiß nicht recht, wie ich sie Ihnen deutlich machen soll, Watson. Vielleicht lernen Sie sie noch kennen, bevor wir mit der Sache durch sind, dann können Sie von Ihrer eigenen Formulierungsgabe Gebrauch machen. Sie ist schön; aber von jener ätherischen Schönheit einer Fanatikerin, die mit ihren Gedanken in den höchsten Gefilden schwebt. Solche Gesichter habe ich auf den Gemälden der alten Meister des Mittelalters gesehen. Wie ein Unhold seine schmutzigen Pratzen auf solch ein Wesen aus dem Jenseits legen konnte, ist mir unbegreiflich.

Sie haben vielleicht schon beobachtet, daß Gegensätze einander anziehen: das Geistige das Animalische, der Höhlenmensch den Engel. Einen schlimmeren Fall als diesen haben Sie noch nicht erlebt.

Sie wußte natürlich, warum wir gekommen waren – dieser Schurke hatte keine Zeit verloren, ihr Gemüt gegen uns zu vergiften. Miss Winters Erscheinen überraschte sie ziemlich, glaube ich; aber dann winkte sie uns in unsere Sessel wie eine ehrwürdige Äbtissin, die zwei ziemlich lepröse Bettelmönche empfängt. Sollten Sie je zu Aufgeblasenheit neigen, mein lieber Watson, machen Sie eine Kur bei Miss Violet de Merville.

›Nun, Sir‹, sagte sie, mit einer Stimme wie der Wind von einem Eisberg, ›Ihr Name ist mir vertraut. Wie ich höre, sind Sie gekommen, um meinen Verlobten, Baron Gruner, zu verleumden. Es geschieht einzig auf Bitten meines Vaters, daß ich Sie überhaupt empfange, und ich mache Sie schon im voraus darauf aufmerksam, daß alles, was Sie sagen werden, mich auch nicht im leisesten beeindrucken kann.‹

Sie tat mir leid, Watson. Einen Augenblick lang empfand ich für sie so, wie ich für meine eigene Tochter empfunden hätte. Ich bin nicht oft beredsam. Ich gebrauche meinen Kopf, nicht mein Herz. Aber ich habe auf sie wahrhaftig mit aller Wärme eingeredet, die ich aufbringen konnte. Ich malte ihr die scheußliche Lage einer Frau aus, der der Charakter eines Mannes erst aufgeht, nachdem sie seine Gattin geworden ist – einer Frau, die sich den Liebkosungen blutiger Hände und wollüstiger Lippen unterwerfen muß. Ich ersparte ihr nichts – die Schande, die Furcht, die Pein, die Hoffnungslosigkeit des Ganzen. All meine glühenden Worte vermochten auf jenen Elfenbeinwangen nicht einen Hauch von Farbe und in jenen abwesenden

Augen nicht einen Schimmer von Erregung hervorzurufen. Ich dachte daran, was der Halunke über posthypnotischen Einfluß gesagt hatte. Man konnte wirklich glauben, daß sie hoch über der Erde in einem ekstatischen Traum lebte. Dennoch waren ihre Antworten nichts weniger als unentschieden.

›Ich habe Ihnen geduldig zugehört, Mr. Holmes‹, sagte sie. ›Der Eindruck auf mich ist genau wie vorausgesagt. Es ist mir bekannt, daß Adelbert, daß mein Verlobter ein stürmisches Leben hinter sich hat, in dem er sich bitteren Haß und höchst ungerechte Schmähungen zuzog. Sie sind nur der letzte einer Reihe von Leuten, die mir ihre Verleumdungen vorgebracht haben. Möglicherweise meinen Sie es gut, obwohl ich höre, daß sie ein bezahlter Agent sind, der ebenso bereit gewesen wäre, für den Baron zu arbeiten wie gegen ihn. Jedenfalls möchte ich, daß Sie ein für allemal begreifen, daß ich ihn liebe und daß er mich liebt und daß die Meinung der ganzen Welt mir nicht mehr bedeutet als das Gezwitscher der Vögel draußen vor dem Fenster. Wenn sein edler Charakter jemals einen kurzen Augenblick zu Fall gekommen ist, wurde ich vielleicht eigens gesandt, um ihn zu seiner wahren und stolzen Höhe aufzurichten. Mir ist nicht klar‹, hierbei richtete sie ihren Blick auf meine Begleiterin, ›wer diese junge Lady sein mag.‹

Ich wollte eben antworten, als das Mädchen wie ein Wirbelwind dazwischenfuhr. Wenn sich jemals Flamme und Eis von Angesicht zu Angesicht gegenüberstanden, dann in den Gestalten dieser beiden Frauen.

›Ich werd Ihnen sagen, wer ich bin‹, rief sie mit vor Leidenschaft verzerrtem Mund und fuhr aus dem Sessel hoch – ›ich war seine letzte Mätresse. Ich bin eine von hundert, die er verführt und benutzt und ruiniert und auf den Kehrichthaufen geworfen hat, so wie er's mit Ihnen auch machen wird. *Ihr* Kehrichthaufen ist dann wahrscheinlich schon mehr 'n Grab, und vielleicht ist das auch am besten so. Ich sag Ihnen, Sie närrisches Weib, wenn Sie diesen Mann heiraten, wird er Ihr Tod sein. Ob's dann 'n gebrochenes Herz ist oder 'n gebrochenes Genick – irgendwie packt er Sie schon. Ich red hier nicht aus Liebe zu Ihnen. Es schert mich keinen Pfifferling, ob Sie leben oder sterben. Ich red aus Haß auf ihn und um ihm eins auszuwischen und um's ihm heimzuzahlen, was er mir angetan hat. Aber das ist auch einerlei, und Sie brauchen mich gar nicht so anzugucken, meine feine Lady; Ihnen mag's nämlich noch dreckiger gehen als mir, bevor Sie's hinter sich haben.‹

›Ich zöge es vor, solche Dinge unerörtert zu lassen‹, sagte Miss de Merville kalt. ›Lassen Sie mich ein für allemal sagen, daß mir aus dem Leben meines Verlobten drei Vorfälle bekannt sind, bei denen er in Beziehungen mit intriganten Frauen verwickelt wurde, und daß ich seiner aufrichtigen Reue über etwelche Übeltaten, die er begangen haben mag, versichert bin.‹

›Drei Vorfälle!‹ schrie meine Begleiterin. ›Sie Närrin! Sie unsagbare Närrin!‹

›Mr. Holmes, ich bitte Sie, diese Unterredung zu beenden‹, sagte die eisige Stimme. ›Ich habe dem Wunsch meines Vaters, Sie zu empfangen, entsprochen; aber ich bin nicht gezwungen, mir die wahnwitzigen Reden dieser Person anzuhören.‹

Mit einem Fluch stürzte Miss Winter vorwärts, und wenn ich sie nicht am Handgelenk festgehalten hätte, dann hätte sie diese Frau vor Wut an den Haaren gepackt. Ich zerrte sie zur Tür und hatte Glück, sie ohne öffentliches Aufsehen zurück in die Droschke zu bekommen, denn sie war außer sich. Auf eine kalte Art und Weise war ich selbst ganz schön wütend, Watson, denn es lag etwas unbeschreiblich Aufreizendes in der leidenschaftslosen Reserviertheit und erhabenen Selbstgefälligkeit der Frau, die wir zu retten versuchten. Nun kennen Sie also wieder den genauen Stand der Dinge, und ich muß offensichtlich einen neuen Eröffnungszug planen, denn mit diesem Gambit klappt es wohl nicht. Ich bleibe mit Ihnen in Verbindung, Watson; es ist nämlich mehr als wahrscheinlich, daß auch Sie Ihren Part noch spielen müssen, obwohl es auch sein kann, daß zunächst sie und nicht wir am Zug sind.«

Und so war es. Ihr Streich fiel – oder vielmehr sein Streich; denn niemals könnte ich glauben, daß die Lady darin eingeweiht war. Ich glaube, ich könnte noch genau den Pflasterstein bezeichnen, auf dem ich stand, als mein Blick auf das Plakat fiel und ein Stich des Grauens mir mitten durchs Herz fuhr. Es geschah zwischen dem Grand Hotel und der Charing Cross Station, wo ein einbeiniger Zeitungsverkäufer seine Abendausgabe feilbot. Es war genau zwei Tage nach unserer letzten Unterhaltung. Dort stand es, schwarz auf gelb, auf dem schrecklichen Aushängebogen:

MORDANSCHLAG

AUF

SHERLOCK

HOLMES

Ich glaube, ich blieb einige Augenblicke lang wie betäubt stehen. Dann erinnere ich mich undeutlich, daß ich mir eine Zeitung schnappte, daß der Mann mich ermahnte, weil ich nicht bezahlt hatte, und daß ich schließlich im Eingang einer Apotheke stand, während ich den verhängnisvollen Artikel aufschlug. Er lautete wie folgt:

Wir erfahren mit Bedauern, daß Mr. Sherlock Holmes, der bekannte Privatdetektiv, heute vormittag das Opfer eines Mordüberfalls wurde, der ihn in einen besorgniserregenden Gesundheitszustand versetzte. Genaue Einzelheiten liegen nicht vor, der Vorfall scheint sich jedoch gegen zwölf Uhr in der Regent Street, vor dem Café Royal, ereignet zu haben. Der Anschlag wurde von zwei mit Stöcken bewaffneten Männern verübt, und Mr. Holmes erhielt Schläge auf Kopf und Körper, wobei er Verletzungen davontrug, welche die Ärzte als äußerst ernst bezeichnen. Man überführte ihn ins Charing Cross Hospital; später bestand er darauf, zu seiner Wohnung in der Baker Street gebracht zu werden. Bei den Schurken, die ihn überfallen haben, handelt es sich offenbar um respektierlich gekleidete Männer, die den Umstehenden entkamen, indem sie durchs Café Royal hinaus auf die dahinter liegende Glasshouse Street liefen. Ohne Zweifel gehören sie zu jener verbrecherischen Vereinigung, die schon so oft Gelegenheit hatte, Tatkraft und Scharfsinn des Verletzten zu beklagen.

Ich brauche wohl nicht zu erwähnen, daß ich den Artikel kaum überflogen hatte, als ich schon in eine Droschke sprang und mich auf dem Weg zur Baker Street befand. Im Hausflur traf ich Sir Leslie Oakshott an, den berühmten Wundarzt, dessen Kutsche am Bordstein wartete.

»Keine unmittelbare Gefahr«, lautete sein Rapport. »Zwei Platzwunden am Kopf und ein paar beachtliche Quetschungen. Mehrere Stiche waren erforderlich. Morphium wurde injiziert, und Hauptsache ist Ruhe; aber eine Unterredung von ein paar Minuten wäre durchaus nicht verboten.«

Mit dieser Erlaubnis stahl ich mich in das abgedunkelte Zimmer. Der Leidende war hellwach, und ich hörte meinen heiser geflüsterten Namen. Das Rouleau war zu drei Vierteln herabgelassen, aber ein Sonnenstrahl glitt schräg hindurch und traf den bandagierten Kopf des Verletzten. Ein karmesinroter Fleck hatte sich durch die weiße Leinenkompresse gesaugt. Ich setzte mich neben Holmes und senkte den Kopf.

»Schon gut, Watson. Machen Sie nicht so ein erschrockenes Gesicht«, murmelte er mit sehr schwacher Stimme. »Es ist nicht so schlimm, wie es aussieht.«

»Gott sei Dank!«

»Ich bin ja ein ziemlicher Experte im Stockfechten, wie Sie wissen. Die meisten Hiebe habe ich abgewehrt. Der zweite Gegner, der war freilich zuviel für mich.«

»Was kann ich denn tun, Holmes? Es war natürlich dieser verdammte Bursche, der sie angesetzt hat. Ein Wort von Ihnen, und ich geh los und zieh ihm das Fell über die Ohren.«

»Guter alter Watson! Nein, wir können nichts tun; es sei denn, die Polizei ergreift die Männer. Aber ihre Flucht war gut vorbereitet. Dessen können wir sicher sein. Warten Sie noch ein bißchen ab. Ich habe so meine Pläne. Zunächst heißt es, meine Verletzungen aufs grellste darzustellen. Man wird Sie um Neuigkeiten angehen. Tragen Sie dick auf, Watson. Ich hätte Glück, wenn ich die Woche noch überlebte – Gehirnerschütterung – Delirium – was Sie wollen! Sie können gar nicht genug übertreiben.«

»Aber Sir Leslie Oakshott?«

»Oh, das geht schon in Ordnung. Er wird mich im schlechtesten Zustand erleben. Dafür sorge ich schon.«

»Sonst noch etwas?«

»Ja. Richten Sie Shinwell Johnson aus, er soll dieses Mädchen aus der Schußlinie bringen. Diese Prachtburschen werden nun hinter ihr her sein. Sie wissen natürlich, daß sie wegen der Sache bei mir war. Wenn sie es sich bei mir getraut haben, werden sie sie wohl kaum ungeschoren lassen. Das ist dringend. Erledigen Sie es noch heute abend.«

»Ich bin schon auf dem Sprung. Noch etwas?«

»Legen Sie meine Pfeife auf den Tisch – und den Tabakspantoffel. Gut! Schauen Sie jeden Morgen herein, dann werden wir unseren Feldzug planen.«

Am gleichen Abend verabredete ich mit Johnson, Miss Winter in eine ruhige Vorstadt zu bringen und dafür zu sorgen, daß sie sich versteckt hielt, bis die Gefahr vorüber war.

Sechs Tage lang lebte die Öffentlichkeit unter dem Eindruck, daß Holmes sich an der Schwelle des Todes befinde. Die Bulletins waren sehr ernst, und in den Zeitungen erschienen düstere Artikel. Meine fortgesetzten Visiten überzeugten mich, daß es so schlimm nicht stand. Seine drahtige Konstitution und sein entschlossener Wille wirkten Wunder. Er erholte sich schnell, und ich hatte zuzeiten den Verdacht, daß er tatsächlich schneller auf die Beine kam, als er, selbst mir gegenüber, vorgab. Er hatte eine seltsame heimlichtuerische Ader, die schon manchen dramatischen Effekt gezeitigt hatte, aber selbst seine engsten Freunde darüber im dunkeln ließ, welches seine genauen Pläne waren. Bis zum Äußersten verfolgte er den Grundsatz, daß der einzig sichere Plan der sei, den einer alleine aushecke. Ich stand ihm näher als irgend jemand sonst; dennoch war ich mir der Kluft zwischen uns immer bewußt.

Am siebten Tag wurden ihm die Fäden gezogen; trotzdem erschien in den Abendblättern ein Bericht über eine Wundrose. In denselben Abendblättern stand eine Ankündigung, die ich meinem Freund, sei er nun krank oder wohlauf, zu bringen verpflichtet war. Es handelte sich schlicht darum, daß sich unter den Passagieren eines Schiffes der Cunard-Linie, der *Ru-*

ritania, die am Freitag von Liverpool aus in See stechen sollte, der Baron Adelbert Gruner befand, der in den Staaten einige wichtige Finanzgeschäfte abzuwickeln habe, und zwar noch vor seiner nahe bevorstehenden Heirat mit Miss Violet de Merville, der einzigen Tochter von usw. usw. Holmes lauschte den Neuigkeiten mit einem kalten, konzentrierten Ausdruck auf seinem blassen Gesicht, was mir verriet, daß sie ihn hart trafen.

»Freitag!« rief er. »Nur noch drei volle Tage. Ich glaube, der Halunke will sich aus der Gefahrenzone absetzen. Aber das wird ihm nicht gelingen, Watson! Beim Leibhaftigen, das wird ihm nicht gelingen! Doch nun, Watson, möchte ich, daß Sie etwas für mich tun.«

»Dazu bin ich ja hier, Holmes.«

»Gut, dann verwenden Sie die nächsten vierundzwanzig Stunden auf ein intensives Studium chinesischer Keramik.«

Er gab keine Erklärungen ab, und ich fragte auch nicht danach. Durch lange Erfahrung hatte ich die Weisheit des Gehorsams gelernt. Als ich jedoch seine Wohnung verlassen hatte, ging ich die Baker Street entlang und sann darüber nach, wie um alles in der Welt ich eine so sonderbare Anordnung ausführen sollte. Schließlich fuhr ich zur London Library am St. James Square, trug die Sache meinem Freund Lomax, dem Unterbibliothekar, vor und begab mich mit einem stattlichen Band unter dem Arm zu meiner Wohnung.

Man sagt, daß der Rechtsanwalt, der einen Fall so sorgfältig paukt, daß er einen sachverständigen Zeugen am Montag vernehmen kann, all sein gewaltsam angeeignetes Wissen schon vor Samstag wieder vergessen hat. Ich möchte mich jetzt gewiß nicht als Autorität für Keramiken ausgeben. Den ganzen damaligen Abend jedoch und, mit einer kurzen Ruhepause, die ganze damalige Nacht und den ganzen nächsten Morgen verschlang ich Wissen und prägte dem Gedächtnis Namen ein. Da erfuhr ich von den Kennzeichen der großen Dekorationskünstler, vom Geheimnis zyklischer Daten, von den Stempeln der Hung-wu- und den Schönheiten der Yunglo-Zeit, von den Schriften des Tang-ying und den Herrlichkeiten der primitiven Periode der Sung- und Yüan-Dynastien. Ich war angefüllt mit all diesen Kenntnissen, als ich Holmes am nächsten Abend besuchte. Inzwischen lag er nicht mehr zu Bett – wenn auch die öffentliche Berichterstattung dies nicht vermuten ließ – und saß, den dick bandagierten Kopf auf die Hand gestützt, in der Kuhle seines Lieblingssessels.

»Nanu, Holmes«, sagte ich, »wenn man den Zeitungen Glauben schenkt, dann liegen Sie gerade im Sterben.«

»Das«, sagte er, »ist genau der Eindruck, den ich vermitteln wollte. Nun denn, Watson, haben Sie Ihre Lektionen gelernt?«

»Ich habe es zumindest versucht.«

»Gut. Sie könnten ein intelligentes Gespräch über das Thema in Gang halten?«

»Ich glaube schon.«

»Dann reichen Sie mir diese kleine Schachtel vom Kamin.«

Er öffnete den Deckel und entnahm einen kleinen Gegenstand, der überaus sorgfältig in feinen orientalischen Seidenstoff gewickelt war. Diesen faltete er auseinander und enthüllte eine zarte kleine Schale von schönster dunkelblauer Farbe.

»Sie bedarf sorgfältiger Behandlung, Watson. Das ist echtes Eierschalenporzellan der Ming-Dynastie. Ein feineres Stück wanderte niemals über Christies Auktionstisch. Ein komplettes Service hiervon wäre ungeheuer wertvoll – tatsächlich ist es zweifelhaft, ob es außerhalb des Kaiserpalastes von Peking ein komplettes Service gibt. Der Anblick dieses Stückes würde einen echten Kenner rasend machen.«

»Und was soll ich damit tun?«

Holmes reichte mir eine Karte mit folgendem Aufdruck: *Dr. Hill Barton, 369 Half Moon Street.*

»Das ist Ihr Name für heute abend, Watson. Sie werden Baron Gruner einen Besuch abstatten. Ich kenne mich ein wenig in seinen Gewohnheiten aus; um halb neun dürfte er vermutlich frei sein. Vorher wird ihm ein Billett ankündigen, daß Sie die Absicht haben, vorzusprechen; und Sie werden dann verkünden, daß Sie ihm ein Muster eines vollkommen einzigartigen Services aus dem China der Ming-Zeit mitgebracht haben. Sie dürfen durchaus ein Arzt sein, da das eine Rolle ist, die Sie ohne Doppelzüngigkeit spielen können. Sie sind Sammler, dieses Service ist Ihnen untergekommen, Sie haben von des Barons Interesse für das Gebiet gehört, und Sie sind nicht abgeneigt, zu einem angemessenen Preis zu verkaufen.«

»Wie angemessen?«

»Gut gefragt, Watson. Sie würden freilich schlimm auf die Nase fallen, wenn Sie über den Wert Ihrer eigenen Ware nicht Bescheid wüßten. Diese Schale hat mir Sir James besorgt; sie stammt, soviel ich weiß, aus der Sammlung seines Klienten. Sie werden nicht übertreiben, wenn Sie andeuten, daß es Ebenbürtiges auf der Welt kaum geben dürfte.«

»Vielleicht könnte ich vorschlagen, das Service von einem Experten schätzen zu lassen.«

»Ausgezeichnet, Watson! Sie sprühen heute vor Geist. Schlagen Sie Christie oder Sotheby vor. Ihre Feinfühligkeit läßt es nicht zu, einen Preis selbst zu bestimmen.«

»Aber wenn er mich nicht empfangen will?«

»O doch, er wird Sie empfangen. Er leidet an Sammelwut in

ihrer ausgeprägtesten Form – und besonders was dieses Gebiet betrifft, auf dem er eine anerkannte Autorität ist. Setzen Sie sich, Watson, dann diktiere ich Ihnen den Brief. Antwort ist nicht erforderlich. Sie teilen lediglich mit, daß Sie kommen, und weshalb.«

Es war ein bewundernswertes Dokument, kurz, höflich und die Neugier des Kenners entfachend. Ein Bote wurde rechtzeitig damit entsandt. Am selben Abend brach ich mit der kostbaren Schale in der Hand und der Karte von Dr. Hill Barton in der Tasche zu meinem Abenteuer auf.

Das schöne Haus und Grundstück wies darauf hin, daß Baron Gruner, wie Sir James gesagt hatte, ein Mann von beträchtlichem Reichtum war. Eine lange, gewundene Auffahrt, mit Banketten seltener Sträucher zu beiden Seiten, mündete in einen großen, kiesbestreuten Platz, der mit Statuen geschmückt war. Das Anwesen war von einem südafrikanischen Goldkönig in den Tagen des großen Booms erbaut worden, und das langgestreckte, niedrige Haus mit den Ecktürmchen – obschon ein architektonischer Albtraum – imponierte durch seine Größe und Solidität. Ein Butler, der sich als Kirchenvertreter im House of Lords sehr gut ausgenommen hätte, ließ mich eintreten und überantwortete mich einem in Plüsch gekleideten Lakaien, der mich ins Empfangszimmer des Barons geleitete.

Er stand gerade vor einer großen geöffneten Vitrine, die sich zwischen den Fenstern befand und einen Teil seiner chinesischen Sammlung enthielt. Bei meinem Eintreten drehte er sich um und hielt eine kleine braune Vase in der Hand.

»Bitte nehmen Sie doch Platz, Doktor«, sagte er. »Ich habe eben meine eigenen Schätze betrachtet und mich gefragt, ob ich es mir wirklich leisten könnte, sie zu vermehren. Dieses kleine T'ang-Exemplar aus dem siebten Jahrhundert dürfte Sie vermutlich interessieren. Ich bin sicher, feinere Handarbeit oder eine reichere Glasur haben Sie noch nie gesehen. Haben Sie die erwähnte Ming-Schale bei sich?«

Ich packte sie sorgfältig aus und reichte sie ihm. Er setzte sich an seinen Schreibtisch, zog, da es bereits dunkelte, die Lampe herüber und schickte sich an, die Schale zu untersuchen. Dabei fiel das gelbe Licht auch auf sein Äußeres, und ich konnte es in aller Ruhe studieren.

Er war ohne Zweifel ein bemerkenswert gut aussehender Mann. Der europäische Ruf seiner Schönheit war vollauf gerechtfertigt. Er war zwar nicht mehr als mittelgroß, jedoch von anmutiger und kräftiger Statur. Sein Gesicht war olivenfarbig, fast orientalisch, mit großen, dunklen, verträumten Augen, die auf Frauen zweifellos eine unwiderstehliche Faszination ausüben konnten. Sein Haar und der Schnurrbart waren rabenschwarz; letzteren trug er kurz, gezwirbelt und sorgfältig gewichst. Seine Züge waren regelmäßig und angenehm, mit Ausnahme des geraden, dünnlippigen Mundes. Wenn ich jemals den Mund eines Mörders gesehen habe, dann hier – eine grausame, harte Scharte im Gesicht, zusammengepreßt, unerbittlich und schrecklich. Er war schlecht beraten, den Schnurrbart so zurechtzustutzen, denn sein entblößter Mund war ein Gefahrensignal der Natur zur Warnung seiner Opfer. Seine Stimme war einnehmend, seine Manieren vollendet. Sein Alter hätte ich auf etwas über dreißig geschätzt, wiewohl später aus seinen Unterlagen hervorging, daß er zweiundvierzig war.

»Sehr fein – sehr fein, in der Tat!« sagte er schließlich. »Und Sie sagen, Sie haben ein dazu passendes sechsteiliges Service. Mich wundert nur, daß ich von so herrlichen Stücken noch nichts gehört haben soll. Ich weiß nur von einem einzigen Stück in England, das zu diesem hier paßt, und das steht aller Wahrscheinlichkeit nach nicht zum Verkauf. Wäre es indiskret, wenn ich Sie fragte, Dr. Hill Barton, wie Sie in seinen Besitz gekommen sind?«

»Spielt das wirklich eine Rolle?« fragte ich mit der sorglosesten Miene, die ich zustande brachte. »Sie sehen ja selbst, daß das Stück echt ist, und was den Preis betrifft, so begnüge ich mich mit der Wertbestimmung durch einen Experten.«

»Sehr mysteriös«, sagte er mit einem raschen, argwöhnischen Aufblitzen seiner dunklen Augen. »Wenn man es mit Objekten von solchem Wert zu tun hat, möchte man natürlich alles über den Handel wissen. Daß das Stück echt ist, ist unbestreitbar. Daran hege ich überhaupt keinen Zweifel. Aber angenommen – ich muß jede Möglichkeit in Betracht ziehen –, es stellt sich hinterher heraus, daß Sie gar kein Recht hatten, es zu verkaufen?«

»Ich würde Ihnen Sicherheiten gegen jeden Rechtsanspruch dieser Art bieten.«

»Das würde freilich die Frage aufwerfen, was Ihre Sicherheiten wert sind.«

»Darüber könnte meine Bank Auskunft erteilen.«

»Nun schön. Dennoch kommt mir der ganze Handel ziemlich ungewöhnlich vor.«

»Es steht Ihnen frei, das Geschäft zu machen oder nicht«, sagte ich gleichgültig. »Ich habe es Ihnen zuerst angeboten, weil ich gehört habe, Sie seien ein Kenner; aber anderswo werde ich keine Schwierigkeiten haben.«

»Wer hat Ihnen denn gesagt, daß ich ein Kenner sei?«

»Mir ist bekannt, daß Sie über das Thema ein Buch geschrieben haben.«

»Haben Sie das Buch gelesen?«

»Nein.«

»Meine Güte, das wird mir immer unverständlicher! Sie sind ein Kenner und Sammler und besitzen ein sehr wertvolles Stück in Ihrer Sammlung, haben sich jedoch nie die Mühe gemacht, das einzige Buch zu konsultieren, das Sie über die wahre Bedeutung und den Wert Ihres Besitzes hätte belehren können. Wie erklären Sie das?«

»Ich bin ein sehr beschäftigter Mann. Ich bin praktizierender Arzt.«

»Das ist keine Antwort. Wenn jemand ein Steckenpferd hat, dann geht er ihm eifrig nach – ganz gleich, welche Tätigkeiten er sonst noch ausüben mag. In Ihrem Billett haben Sie behauptet, ein Kenner zu sein.«

»Das bin ich auch.«

»Dürfte ich Sie mit ein paar Fragen auf die Probe stellen? Ich muß Ihnen sagen, Doktor – wenn Sie denn wirklich ein Doktor sind –, daß die Sache immer verdächtiger wird. Ich möchte Sie fragen: Was wissen Sie über den Kaiser Shomu, und wie bringen Sie ihn mit dem Shôsôin bei Nara in Verbindung? Du meine Güte, das bringt Sie wohl in Verlegenheit? Erzählen Sie mir doch ein bißchen über die Nördliche Wei-Dynastie und ihren Platz in der Geschichte der Töpferkunst.«

In gespieltem Ärger sprang ich vom Stuhl hoch.

»Das ist unerträglich, Sir«, sagte ich. »Ich bin hierhergekommen, um Ihnen einen Gefallen zu tun und nicht, um von Ihnen wie ein Schuljunge examiniert zu werden. Meine Kenntnisse auf diesem Gebiet sind im Vergleich zu den Ihrigen vielleicht nur zweitrangig; aber ich werde gewiß keine Fragen beantworten, die in so beleidigender Weise gestellt wurden.«

Er sah mich unverwandt an. Alle Verträumtheit war aus seinen Augen gewichen. Sie funkelten plötzlich. Zwischen den grausamen Lippen schimmerten seine Zähne.

»Was wird hier gespielt? Sie sind doch als Spion hier. Sie sind ein Kundschafter von Holmes. Sie versuchen mich hereinzulegen. Wie ich höre, liegt der Kerl im Sterben; also schickt er seine Handlanger, um mich zu überwachen. Sie haben sich hier auf unerlaubte Weise Zutritt verschafft, aber bei Gott! Sie sollen merken, daß das Hinauskommen schwerer ist als das Hineinkommen.«

Er war aufgesprungen; ich wich zurück und machte mich auf einen Angriff gefaßt, denn der Mann war außer sich vor Wut. Möglicherweise war ich ihm von Anfang an verdächtig gewesen; dieses Kreuzverhör hatte ihm zweifellos die Wahrheit enthüllt; jedenfalls war klar, daß ich nicht hoffen durfte, ihn zu täuschen. Seine Hand fuhr hastig in eine Seitenschublade und durchstöberte sie wütend. Dann vernahm er wohl ein Geräusch, denn er hielt aufmerksam lauschend inne. »Ah!« rief er. »Ah!« und stürzte in den Raum hinter ihm.

Mit zwei Schritten war ich an der offenen Tür, und die Szene dahinter werde ich immer als klares Bild im Gedächtnis bewahren. Das zum Garten hinausweisende Fenster stand weit offen. Daneben stand, einem Schreckgespenst gleich, den Kopf in blutbefleckte Bandagen gewickelt und das Gesicht erschöpft und weiß, Sherlock Holmes. Im nächsten Augenblick war er durch die Fensteröffnung, und ich hörte, wie sein Körper draußen in die Lorbeerbüsche krachte. Mit einem Wutgeheul stürmte der Hausherr hinter ihm her zum offenen Fenster.

Und dann! Es geschah im Nu, und doch nahm ich es deutlich wahr. Ein Arm – ein Frauenarm – schoß aus dem Laub hervor. Im gleichen Augenblick stieß der Baron einen gräßlichen Schrei aus – einen Aufschrei, der mir immer im Gedächtnis nachklingen wird. Er schlug beide Hände vors Gesicht, raste im Zimmer umher und rannte mit dem Kopf furchtbar gegen die Wände. Dann fiel er auf den Teppich; er wälzte und krümmte sich, während Schrei auf Schrei durch das Haus gellte.

»Wasser! Um Gottes willen, Wasser!« schrie er.

Ich griff mir von einem Seitentisch eine Karaffe und eilte ihm zu Hilfe. Von der Halle her stürmten der Butler und mehrere Diener herein. Ich erinnere mich, daß einer von ihnen ohnmächtig wurde, als ich bei dem Verletzten kniete und jenes furchterregende Gesicht ins Lampenlicht drehte. Das Vitriol fraß sich überall hinein und tropfte von Ohren und Kinn. Ein Auge war bereits weiß und glasig; das andere rot und entzündet. Die Züge, die ich ein paar Minuten zuvor noch bewundert hatte, glichen nun einem schönen Gemälde, über welches der Künstler einen nassen und fauligen Schwamm gezogen hatte. Sie waren verwischt, verfärbt, unmenschlich, schrecklich.

Mit ein paar Worten erklärte ich genau, was geschehen war, soweit es den Angriff mit dem Vitriol betraf. Einige waren durchs Fenster geklettert, andere hinausgeeilt auf den Rasenplatz, aber es war dunkel und hatte zu regnen begonnen. Zwischen seinen Schreien raste und tobte das Opfer gegen die Rächerin. »Es war diese Höllenbrut, Kitty Winter!« rief er. »Oh, dieses Teufelsweib! Dafür wird sie bezahlen! Bezahlen wird sie! Oh, Gott im Himmel, diese Schmerzen sind nicht auszuhalten!«

Ich badete sein Gesicht in Öl, legte Watte auf die wunden Hautflächen und verabreichte eine Morphium-Injektion. Angesichts dieses Schocks war jeder Argwohn gegen mich von ihm gewichen, und er klammerte sich an meine Hände, als ob es auch noch in meiner Macht läge, Licht in jene Augen zu bringen, die wie die eines toten Fisches zu mir aufstarrten.

Ich hätte weinen können über die Verwüstung, hätte ich mich nicht des nichtswürdigen Lebens erinnert, das zu einer solch gräßlichen Veränderung geführt hatte. Es war ekelerregend, das Tätscheln seiner brennenden Hände zu spüren, und ich war erleichtert, als, dicht gefolgt von einem Spezialisten, sein Hausarzt kam, um mich von meinem Posten abzulösen. Auch ein Polizei-Inspektor war inzwischen eingetroffen, und ihm übergab ich meine echte Visitenkarte. Jede andere Handlungsweise wäre ebenso sinnlos wie töricht gewesen, denn man kannte mich beim Yard vom Sehen fast ebenso gut wie Holmes selbst. Dann verließ ich dieses Haus der Düsternis und des Schrekkens. Binnen einer Stunde war ich in der Baker Street.

Holmes saß in seinem altgewohnten Sessel; er wirkte sehr blaß und erschöpft. Abgesehen von seinen Verletzungen hatten sogar seine eisernen Nerven unter den Ereignissen dieses Abends gelitten, und er lauschte entsetzt meinem Bericht über die Verwandlung des Barons.

»Der Sünden Sold, Watson – der Sünden Sold!« sagte er. »Früher oder später ereilt er jeden. Weiß Gott, da waren der Sünden genug«, fügte er hinzu; er nahm einen braunen Band vom Tisch. »Hier ist das Buch, von dem die Frau gesprochen hat. Wenn das die Heirat nicht verhindern kann, dann nützt überhaupt nichts mehr. Aber das wird es, Watson. Das muß es. Keine Frau mit Selbstachtung könnte so etwas ertragen.«

»Es ist wohl das Tagebuch seiner Liebschaften?«

»Oder das Tagebuch seiner Begierden. Nennen Sie es, wie Sie wollen. In dem Augenblick, da die Frau uns davon erzählte, erkannte ich, welch eine enorme Waffe es wäre, wenn wir seiner nur habhaft werden könnten. Ich deutete damals meine Absichten nicht an, denn diese Frau hätte sie möglicherweise ausgeplaudert. Aber ich grübelte darüber nach. Dann verschaffte dieser Anschlag auf mich die günstige Gelegenheit, den Baron glauben zu lassen, gegen mich seien keine Vorsichtsmaßnahmen mehr nötig. All das gelang bestens. Ich hätte noch ein bißchen länger gewartet, aber seine geplante Amerikareise zwang mich zu handeln. Ein so kompromittierendes Dokument hätte er niemals zurückgelassen. Deshalb mußten wir sofort zu Werke gehen. Nächtlicher Einbruch kam nicht in Frage. Dagegen war er gewappnet. Aber abends gab es eine Chance, sofern ich nur sicher sein konnte, daß seine Aufmerksamkeit anderweitig in Anspruch genommen war. Und da kamen Sie und Ihre blaue Schale ins Spiel. Aber ich mußte zweifelsfrei wissen, wo sich das Buch befand, und mir war klar, daß mir nur wenige Minuten zum Handeln blieben, denn meine Zeit war danach bemessen, wie gut Sie sich in chinesischer Töpferkunst auskannten. Deshalb habe ich im letzten Moment das Mädchen mitgenommen. Woher sollte ich denn ahnen, was das für ein Päckchen war, das sie so sorgsam unter dem Mantel trug? Ich dachte, sie sei ganz und gar *meiner* Geschäfte wegen gekommen; aber anscheinend hatte sie auch noch ein eigenes zu besorgen.«

»Er hat geahnt, daß *Sie* mich geschickt haben.«

»Das stand zu befürchten. Aber Sie haben ihn gerade noch lange genug hingehalten, daß ich das Buch holen konnte – wenn auch nicht lange genug, um unbemerkt zu entkommen. Ah, Sir James, freut mich sehr, daß Sie gekommen sind!«

Unser vornehmer Freund war auf eine vorangegangene Einladung hin erschienen. Mit größter Aufmerksamkeit lauschte er Holmes' Bericht über das, was geschehen war.

»Sie haben Wunder vollbracht – Wunder!« rief er, als er die ganze Geschichte gehört hatte. »Wenn aber diese Verletzungen so schrecklich sind, wie Dr. Watson sie schildert, dann läßt sich unser Ziel, die Heirat zu vereiteln, doch gewiß ohne den Einsatz dieses scheußlichen Buches erreichen.«

Holmes schüttelte den Kopf.

»Frauen vom Typ de Merville reagieren anders. Sie würde ihn als entstellten Märtyrer nur um so mehr lieben. Nein, nein. Seine moralische Seite, nicht seine physische, gilt es zu zerstören. Dieses Buch wird sie auf die Erde zurückholen – ich wüßte nicht, womit man dies sonst noch erreichen könnte. Er hat es mit eigener Hand geschrieben. Daran kann sie nicht vorbei.«

Sir James nahm sowohl das Buch als auch die kostbare Schale mit. Da ich selbst überfällig war, ging ich mit ihm hinunter auf die Straße. Ein Brougham erwartete ihn bereits. Er sprang hinein, gab dem mit einer Kokarde geschmückten Kutscher hastig eine Anweisung und fuhr rasch davon. Er schwang seinen Mantel halb aus dem Fenster, um das Wappenschild auf dem Paneel zu verhüllen; aber nichtsdestoweniger hatte ich es im grellen Licht von der Lünette über unserer Haustür bereits erkannt. Vor Überraschung rang ich nach Luft. Dann machte ich kehrt und lief die Treppe zu Holmes' Wohnung hinauf.

»Ich habe herausgefunden, wer unser Klient ist«, rief ich und wollte mit meiner großen Neuigkeit herausplatzen. »Wahrhaftig, Holmes, es ist ...«

»Es ist ein treuer Freund und ritterlicher Gentleman«, sagte Holmes und hob Einhalt gebietend eine Hand. »Das soll uns jetzt und für immer genügen.«

Ich weiß nicht, auf welche Weise man sich des inkriminierenden Buches bediente. Vielleicht hat Sir James die Sache bewerkstelligt. Andererseits ist es wahrscheinlicher, daß eine so delikate Aufgabe dem Vater der jungen Lady anvertraut wurde. Die Wirkung jedenfalls war ganz wie erwünscht. Drei Tage später erschien in der *Morning Post* ein Artikel, der verlautbarte, daß die Eheschließung zwischen Baron Adelbert Gruner und Miss Violet de Merville nicht stattfinden werde. Dasselbe Blatt brachte auch das erste polizeigerichtliche Verhör im Verfahren gegen Miss Kitty Winter aufgrund der schweren Anklage wegen Vitriolspritzens. Während der Verhandlung kamen jedoch derartig mildernde Umstände an den Tag, daß das Gericht, wie man sich erinnern wird, die geringste Strafe verhängte, die bei einem solchen Vergehen möglich war. Sherlock Holmes drohte eine Strafverfolgung wegen Einbruchs; aber wenn der Zweck gut und der Klient illuster genug ist, wird sogar die starre britische Rechtsprechung human und elastisch. Mein Freund hat bis jetzt noch nicht auf der Anklagebank gesessen.

SEINE ABSCHIEDSVORSTELLUNG

Ein Sherlock-Holmes-Epilog

Es war abends, um neun Uhr, am zweiten August – jenem schrecklichsten August der Weltgeschichte. Man hätte sich da schon denken können, daß Gottes Fluch schwer dräuend über einer degenerierten Welt hing, denn eine furchterregende Stille und eine ungewisse Vorahnung erfüllten die schwüle, von keinem Windhauch bewegte Luft. Die Sonne war längst untergegangen; nur fern im Westen klaffte ein blutroter Spalt wie eine offene Wunde am Horizont. Oben glänzten hell die Sterne, und unten funkelten die Schiffahrtslichter in der Bucht. Die beiden berühmten Deutschen standen an der Steinbrüstung der Gartenpromenade, hinter sich das langgestreckte, niedrige, plumpgiebelige Haus, und blickten hinab auf den weiten Bogen des Strandes am Fuße des hochaufragenden Kalksteinkliffs, auf dem von Bork sich vor vier Jahren, gleich einem durchziehenden Adler, vorübergehend niedergelassen hatte. Sie hatten die Köpfe zusammengesteckt und unterhielten sich in gedämpftem, vertraulichem Ton. Von unten hätte man die glimmenden Enden ihrer Zigarren für die glühenden Augen eines bösen Dämons halten können, der in die Dunkelheit hinabstarrte.

Ein bemerkenswerter Mann, dieser von Bork – unter all den treu ergebenen Agenten des Kaisers gab es kaum seinesgleichen. Von Anfang an waren es seine Talente gewesen, die ihn für die Mission in England, die wichtigste von allen, empfohlen hatten; aber seit er sie übernommen hatte, waren diese Talente immer augenfälliger geworden für jene Handvoll Leute, die wirklich wußten, was gespielt wurde. Einer davon leistete

ihm gegenwärtig Gesellschaft, Baron von Herling, der Oberste Rat der deutschen Botschaft, während sein riesiger, hundert
Pferde starker Benz die Landstraße versperrte und darauf wartete, seinen Eigentümer wolkensanft nach London zurückzu-
tragen.

»Soweit ich die Entwicklung der Ereignisse abschätzen kann,
werden Sie vermutlich noch vor Ende dieser Woche wieder in
Berlin sein«, sagte der Botschaftsrat. »Ich denke, Sie werden
überrascht sein von dem Empfang, den man Ihnen, mein lieber von Bork, bei Ihrer Rückkehr bereiten wird. Ich weiß nämlich zufällig, was man in höchsten Kreisen von Ihrer Arbeit
hier in diesem Land hält.« Er war ein mächtiger Brocken von
einem Mann, der Sekretär, groß, breit und dick zugleich, und
er hatte eine bedächtige und nachdrückliche Art zu sprechen,
die der stärkste Trumpf seiner politischen Laufbahn gewesen
war.

Von Bork lachte.

»Sie sind nicht sonderlich schwer hinters Licht zu führen«,
versetzte er. »Ein duldsameres und unkomplizierteres Volk als
diese Engländer kann man sich kaum vorstellen.«

»Da bin ich mir nicht so sicher«, entgegnete der andere
nachdenklich. »Es gibt bei ihnen seltsame Grenzen, und man
muß lernen, diese zu wahren. Und gerade diese scheinbare Un-
kompliziertheit wird dem Fremden zur Falle. Auf den ersten
Blick scheinen sie durch und durch weich und nachgiebig.
Dann aber trifft man unversehens auf etwas äußerst Hartes,
und dann weiß man, daß man an eine dieser Grenzen gestoßen ist und daß man sich damit abfinden muß. Zum Beispiel
haben sie ihre ganz eigenen, insularen Konventionen, an die
man sich ganz einfach halten *muß*.«

»Sie meinen den ›guten Ton‹ und dergleichen mehr?« Von

Bork seufzte wie jemand, der schon allerhand über sich hat ergehen lassen müssen.

»Ich meine die ungeschriebenen Gesetze der Engländer in all ihren seltsamen Erscheinungsformen. Ich möchte hier als Beispiel einen meiner schlimmsten Schnitzer anführen – Ihnen gegenüber, der Sie meine Arbeit gut genug kennen, um sich meiner Erfolge bewußt zu sein, kann ich es mir ja ruhig leisten, von meinen Schnitzern zu sprechen. Es war kurz nachdem ich hier angekommen war. Ich war zu einer Wochenendzusammenkunft im Landhaus eines Kabinettsministers geladen. Die Gespräche waren von einer ganz erstaunlichen Indiskretion.«

Von Bork nickte. »Ich war auch schon dort«, sagte er trokken.

»Ja, ganz recht. Nun, natürlich sandte ich ein *Résumé* der so erhaltenen Informationen nach Berlin. Unglücklicherweise ist unser guter Kanzler ein wenig plump in solchen Dingen und ließ irgendwo eine Bemerkung fallen, aus der hervorging, daß er vom Inhalt der Gespräche wußte. Und dies führte natürlich in direkter Linie zu mir. Sie können sich nicht vorstellen, wie sehr mir diese Sache geschadet hat. Bei dieser Gelegenheit war von der Weichheit unserer englischen Gastgeber überhaupt nichts zu spüren, das können Sie mir glauben. Zwei Jahre brauchte ich, um die Scharte auszuwetzen. Sie hingegen mit Ihrer Sportlerpose . . .«

»Halt, halt, sprechen Sie nicht von Pose. Eine Pose ist etwas Künstliches. Für mich hingegen gibt es nichts Natürlicheres. Ich bin ein eingefleischter Sportsmann. Ich liebe den Sport.«

»Nun, das macht die Sache um so überzeugender. Sie segeln mit ihnen um die Wette, Sie gehen mit ihnen auf die Jagd, Sie spielen Polo, Sie stehen bei jedem Spiel Ihren Mann, und mit

Ihrem Viergespann könnten Sie den Siegespreis im *Olympia* erringen. Ja, ich habe sogar gehört, daß Sie so weit gehen, sich mit den jungen Offizieren im Boxen zu messen. Und was ist das Resultat von alledem? Kein Mensch nimmt Sie so richtig ernst. Sie sind ein ›netter Kumpel‹, ein ›ganz patenter Kerl für einen Deutschen‹, ein Zechbruder, Nachtschwärmer, Herumtreiber und junger Heißsporn. Und dabei geht die Hälfte all dessen, was in England an Unheil gestiftet wird, von diesem ruhigen Landhaus hier aus, und der sportliche Gutsherr ist der gerissenste Geheimagent ganz Europas. Genial, mein lieber von Bork – wirklich genial!«

»Sie schmeicheln mir, Baron. Wenn ich andererseits auch gewiß mit Recht bemerken darf, daß die vier Jahre, die ich in diesem Land verbracht habe, nicht ganz unergiebig gewesen sind. Ich bin gar nie dazu gekommen, Ihnen mein kleines Lager zu zeigen. Wenn Sie für einen Augenblick mit mir hineingehen möchten . . .«

Von seinem Arbeitszimmer führte eine Tür direkt auf die Terrasse hinaus. Von Bork stieß sie auf und knipste im Vorangehen das elektrische Licht an. Darauf schloß er die Tür hinter der massigen Gestalt, die ihm folgte, und zog den schweren Vorhang sorgfältig vor das vergitterte Fenster. Erst als all diese Vorsichtsmaßnahmen getroffen und überprüft waren, wandte er sein sonnverbranntes, adlerartiges Gesicht wieder seinem Gast zu.

»Ein Teil meiner Unterlagen ist schon nicht mehr hier«, sagte er. »Als meine Frau und die übrigen Haushaltsmitglieder gestern nach Flushing abgereist sind, haben sie die weniger wichtigen mitgenommen. Für den Rest muß ich selbstverständlich den Schutz der Botschaft in Anspruch nehmen.«

»Ihr Name figuriert bereits auf der Liste des persönlichen Gefolges. Weder Sie noch Ihr Gepäck haben irgendwelche Schwierigkeiten zu gewärtigen. Natürlich ist es immer noch möglich, daß wir gar nicht gehen müssen. Es könnte ja sein, daß England Frankreich seinem Schicksal überläßt. Wir sind ganz sicher, daß zwischen den beiden Staaten kein verbindliches Abkommen besteht.«

»Und Belgien?«

»Belgien desgleichen.«

Von Bork schüttelte den Kopf. »Das kann ich mir nicht vorstellen. Da gibt es einen eindeutigen Vertrag. Das wäre eine Demütigung, von der England sich nie wieder erholen würde.«

»Aber dafür hätte es für den Moment seine Ruhe.«

»Und seine Ehre?«

»Pah, mein lieber Freund, wir leben in einem Zeitalter des Nützlichkeitsdenkens. Ehre ist ein Begriff aus dem Mittelalter. Zudem ist England gar nicht vorbereitet. Es ist kaum zu glauben, aber nicht einmal die Sondersteuer für Rüstungszwecke von über fünfzig Millionen, die unsere Pläne so deutlich gemacht haben müßte, wie wenn wir sie auf der Titelseite der *Times* bekanntgegeben hätten, hat dieses Völkchen aus dem Schlaf geweckt. Hie und da taucht einmal eine Frage auf – darauf muß ich dann eine Antwort finden. Hie und da zeigt sich jemand irritiert – den muß ich dann besänftigen. Aber ich kann Ihnen versichern, was das Wesentliche anbelangt – Munitionsvorräte, Vorbereitung auf einen U-Boot-Krieg, die Produktion hochexplosiver Sprengstoffe –, ist nichts vorbereitet. Wie sollte England also eingreifen können, zumal wir ihnen noch so ein teuflisches Süppchen eingebrockt haben aus Irischem Bürgerkrieg, Fenster zertrümmernden Furien und weiß Gott was sonst noch für Ingredienzien – das dürfte sie erst mal im eigenen Land beschäftigt halten.«

»Aber England muß doch auch an seine Zukunft denken.«

»Ah, das ist ein anderes Kapitel. Was die Zukunft betrifft, so haben wir mit England doch wohl feste Pläne, und da dürften Ihre Informationen von größter Wichtigkeit für uns sein. Für Mr. John Bull heißt es heute oder morgen. Sollte ihm heute lieber sein, so sind wir bestens gerüstet. Zieht er morgen vor, sind wir noch besser gerüstet. Ich persönlich würde meinen, sie täten besser daran, zusammen mit Verbündeten zu kämpfen statt allein, aber das ist ihre Sache. Diese Woche noch wird sich ihr Schicksal entscheiden. Aber Sie wollten von Ihren Unterlagen sprechen.« Er saß, behaglich seine Pfeife schmauchend, in einem Lehnstuhl, und auf seinem großen, blanken Schädel widerspiegelte sich das Licht.

Im hinteren Teil des geräumigen, eichenholzgetäfelten, von Büchern gesäumten Zimmers hing ein Vorhang von der Decke. Als dieser beiseite gezogen wurde, kam ein großer, messingbeschlagener Safe zum Vorschein. Von Bork löste einen kleinen Schlüssel von seiner Uhrkette, und nach einigen komplizierten Manipulationen am Schloß schwang die massive Tür endlich auf.

»Sehen Sie sich das an!« sagte er, ein wenig zurücktretend, mit einladender Geste.

Helles Licht fiel in den offenstehenden Safe, und der Botschaftsrat blickte mit gebannter Aufmerksamkeit auf die Reihen vollgepfropfter Fächer in seinem Innern. Jedes Fach war beschriftet, und als er seinen Blick daran entlangschweifen ließ, konnte er eine endlose Reihe von Ordnungswörtern wie ›Furten‹, ›Hafenverteidigungsanlagen‹, ›Flugzeuge‹, ›Irland‹, ›Ägypten‹, ›Befestigungsanlagen Portsmouth‹, ›Ärmelkanal‹, ›Rosyth‹ und vielen anderen mehr entziffern. Jedes einzelne Abteil war zum Bersten voll mit Unterlagen und Plänen.

»Kolossal!« sagte der Botschaftsrat, legte seine Zigarre hin und klatschte mit seinen feisten Händen gedämpft Beifall.

»Und all dies innerhalb von vier Jahren, Baron. Gar keine schlechte Leistung für einen Landjunker, der nichts anderes im Kopf hat als Trinken und Pferde. Aber das kostbarste Juwel meiner Sammlung kommt erst noch, die Fassung dafür ist allerdings schon vorbereitet.«

Er deutete auf ein Fach, über dem in Drucklettern »Flottensignale« geschrieben stand.

»Aber Sie haben ja schon ein ganz anständiges Dossier beisammen.«

»Alles überholt und zu Makulatur geworden. Aus irgendeinem Grund hat die Admiralität Lunte gerochen, und jeder einzelne Code ist verändert worden. Das war eine herbe Enttäuschung, Baron – der schlimmste Rückschlag während meiner ganzen Unternehmung. Aber dank meinem Scheckbuch und dem wackeren Altamont wird die Sache heute abend wieder im Lot sein.«

Der Baron warf einen Blick auf seine Uhr und stieß einen kehligen Laut der Enttäuschung aus.

»Jetzt kann ich wirklich nicht länger warten. Sie können sich gewiß vorstellen, daß sich bei uns in Carlton Terrace einiges tut und wir deshalb alle auf unseren Posten sein müssen. Ich hatte allerdings gehofft, mit Nachrichten von Ihrem großen Coup dorthin zurückkehren zu können. Hat Altamont denn keine Uhrzeit genannt?«

Von Bork schob ihm ein Telegramm zu.

> Komme garantiert heute abend und bringe
> neue Zündkerze.
>
> Altamont.

»Zündkerze – was soll denn das?«

»Wissen Sie, er gibt sich als Automobilfachmann aus, und ich habe eine reich bestückte Garage. In unserem Code trägt alles, was zur Sprache kommen könnte, den Namen irgendeines Ersatzteiles. Spricht er von einem Kühler, so ist ein Schlachtschiff gemeint; eine Ölpumpe ist ein Kreuzer und so fort. Und Zündkerzen sind Flottensignale.«

»Heute mittag in Portsmouth aufgegeben«, bemerkte der Botschaftsrat, der den Absender genauer betrachtet hatte. »Wieviel bezahlen Sie ihm übrigens?«

»Für diese spezielle Aufgabe fünfhundert Pfund. Aber natürlich bezieht er außerdem ein Fixum.«

»Ein raffgieriger Gauner! Nützlich sind sie zwar, diese Verräter, doch ich mißgönne ihnen ihr Blutgeld.«

»Ich mißgönne Altamont nichts. Er leistet großartige Arbeit. Wohl bezahle ich ihn reichlich, aber dafür macht er auch die Ware rüber, um es mit seinen eigenen Worten auszudrücken. Im übrigen ist er kein Verräter. Ich kann Ihnen versichern, unser pangermanischster Junker ist, was seine Gefühle gegenüber England betrifft, eine zahme Taube im Vergleich mit einem wirklich erbitterten Irisch-Amerikaner.«

»Ah, er ist Irisch-Amerikaner?«

»Wenn Sie ihn sprechen hörten, würden Sie keinen Moment daran zweifeln. Ich sag's Ihnen, manchmal verstehe ich ihn kaum. Er scheint dem Englisch des Königs ebenso den Krieg angesagt zu haben wie dem englischen König. Müssen Sie wirklich gehen? Er sollte jeden Moment hier sein.«

»Nein, bedaure, aber ich bin jetzt schon zu lange geblieben. Wir erwarten Sie also morgen in aller Frühe, und sobald sich einmal die kleine Tür bei der Duke-of-York-Treppe hinter diesem Codebuch geschlossen hat, können Sie ein triumphales

›Finis‹ unter Ihre Arbeit in England setzen. Was! Tokaier?« Er deutete auf eine dick versiegelte, verstaubte Flasche, die neben zwei langstieligen Gläsern auf einem Tablett stand.

»Darf ich Ihnen ein Glas davon anbieten, ehe Sie sich auf die Reise machen?«

»Nein, danke. Aber es sieht nach einer Feier aus.«

»Altamont hat einen recht guten Geschmack in Sachen Wein und hat an meinem Tokaier Gefallen gefunden. Er ist ein empfindlicher Bursche und will stets durch kleine Aufmerksamkeiten bei Laune gehalten werden. Ich muß ihn mit Samthandschuhen anfassen, das können Sie mir glauben.« Sie waren wieder auf die Terrasse hinausgetreten und schlenderten bis zu deren entferntem Ende, wo der große Wagen des Barons auf einen Handgriff des Chauffeurs hin zu tuckern und beben begann. »Das da drüben müssen wohl die Lichter von Harwich sein«, sagte der Botschaftsrat, indem er in seinen Staubmantel schlüpfte. »Wie still und friedlich alles scheint. Und doch könnten hier binnen einer Woche andere Lichter aufleuchten und die englische Küste sehr viel weniger ruhig sein! Und selbst das Himmelszelt dürfte dann nicht mehr ganz so friedlich aussehen, wenn die Versprechungen des wackeren Zeppelin Wahrheit werden. Übrigens, wer ist das hier?«

Nur ein einziges Fenster im Haus hinter ihnen war erleuchtet. Das Licht kam von einer Lampe auf dem Fensterbrett, und daneben an einem Tisch saß eine alte Frau mit einer bäurischen Haube und einem gutmütigen rotbäckigen Gesicht. Sie war über ihre Strickarbeit gebeugt und hielt hin und wieder inne, um die große, schwarze Katze zu streicheln, die neben ihr auf einem Schemel saß.

»Das ist Martha, die einzige Bedienstete, die noch hiergeblieben ist.«

Der Botschaftsrat schmunzelte.

»Fast schon eine Verkörperung der Britannia«, sagte er, »mit ihrer vollständigen Selbstvergessenheit und diesem Gefühl behaglicher Schläfrigkeit. Nun aber *au revoir*, von Bork!« Mit einem letzten Winken sprang er in den Wagen, und einen Augenblick später schossen die beiden goldenen Lichtkegel der Scheinwerfer bereits durch die Dunkelheit davon. Der Botschaftsrat ließ sich in die Polster seiner Luxuslimousine zurücksinken, und der Gedanke an die bevorstehende europäische Tragödie nahm ihn so sehr gefangen, daß er kaum bemerkte, daß sein Wagen, als sie im Dorf um eine Ecke bogen, um ein Haar einen kleinen Ford gerammt hätte, der ihnen entgegenkam.

Als sich das letzte Aufblinken der Autolichter in der Ferne verloren hatte, schritt von Bork gemächlich zu seinem Arbeitszimmer zurück. Im Vorbeigehen registrierte er, daß die alte Haushälterin ihre Lampe gelöscht und sich zurückgezogen hatte. Die Stille und Dunkelheit seines weitläufigen Hauses waren eine neue Erfahrung für ihn, denn bisher war er von einer großen Familie und Dienerschaft umgeben gewesen. Er verspürte indessen Erleichterung bei dem Gedanken, daß sie sich alle in Sicherheit befanden und daß er, abgesehen von dieser alten Frau, die sich in der Küche aufgehalten hatte, nun das Haus ganz für sich allein hatte. Es gab eine ganze Menge aufzuräumen in seinem Arbeitszimmer, und so machte er sich ans Werk, bis sein intelligentes, gutgeschnittenes Gesicht von der Hitze des brennenden Papiers mit Röte übergossen war. Neben seinem Schreibtisch stand eine lederne Reisetasche, und in diese begann er nun, fein säuberlich und systematisch, den kostbaren Inhalt seines Safes einzupacken. Er hatte indessen kaum recht damit angefangen, als ein fernes Wagengeräusch

an sein wachsames Ohr drang. Mit einem Ausruf der Befriedigung schnallte er die Reisetasche zu, schloß den Safe, sicher-
te das Schloß und eilte hinaus auf die Terrasse. Er kam gerade
recht, um die Lichter eines kleinen Wagens vor der Garten-
pforte zum Stillstand kommen zu sehen. Ein Passagier sprang
heraus und kam rasch auf ihn zugesteuert, während der Chauffeur, ein kräftig gebauter, älterer Mann mit einem grauen
Schnurrbart, es sich darin bequem machte wie jemand, der
sich auf eine lange Nachtwache gefaßt macht.

»Nun?« rief von Bork begierig, während er seinem Besucher
entgegenlief.

Zur Antwort schwenkte der Mann ein kleines, in Packpapier eingeschlagenes Paket über dem Kopf.

»Heut abend können Sie den roten Teppich für mich ausrol-
len, Mister«, schrie er. »Das letzte Schäfchen ist nun auch im
Trockenen.«

»Sie haben die Codes?«

»Ganz wie's in meinem Telegramm steht. Jeden, ohne Ausnahme; Flaggenzeichen, Lichtsignale, Funkcode – natürlich
bloß 'ne Kopie davon, nicht etwa das Original. Das war zu gefährlich. Aber alles der wahre Jakob, darauf können Sie Gift
nehmen.« Er klopfte dem Deutschen mit einer derben Vertrau-
lichkeit auf die Schulter, was diesen zusammenzucken ließ.

»Kommen Sie herein«, sagte von Bork. »Ich bin ganz allein
zu Hause. Ich habe nur noch auf dies hier gewartet. Selbstverständlich ist eine Kopie besser als das Original. Wenn ihnen ein
Original abhanden käme, würden sie das Ganze sofort wieder
ändern. Und Sie denken, mit dieser Kopie ist alles in Ordnung?«

Der Irisch-Amerikaner war ins Arbeitszimmer getreten und
streckte nun, im Lehnstuhl sitzend, seine langen Gliedmaßen
von sich. Er war ein hochgewachsener, hagerer Mann um die

Sechzig, mit scharfgeschnittenen Zügen und einem kleinen Bocksbärtchen, das ihm eine gewisse Ähnlichkeit mit den Karikaturen von Uncle Sam verlieh. In seinem Mundwinkel hing eine zur Hälfte gerauchte, durchnäßte Zigarre, und als er sich setzte, entzündete er ein Streichholz und steckte sie wieder in Brand. »Alles zum Aufbruch bereit, was?« versetzte er, sich im Zimmer umsehend. »Nanu, Mister«, fügte er hinzu, als sein Blick auf den Safe fiel, von dem der Vorhang noch immer zurückgezogen war, »Sie wollen doch hoffentlich nicht sagen, daß Sie Ihre Papiere in diesem Ding da aufbewahren?«

»Warum denn nicht?«

»Heiliger Strohsack, das Ding ist ja das reinste Scheunentor! Und dabei hält Sie alle Welt für'n eins a Spion. Du lieber Gott, den knackt Ihnen jeder Yankee-Gauner mit'm Büchsenöffner. Wenn ich das geahnt hätte, daß auch nur ein einziger Brief von mir in so 'nem Ding rumliegen würde, wär ich nicht so blöd gewesen, Ihnen überhaupt zu schreiben.«

»Diesen Safe aufzubrechen, würde jedem Gauner ganz schöne Schwierigkeiten machen«, entgegnete von Bork. »Es gibt kein Werkzeug, mit dem sich dieses Metall kleinkriegen läßt.«

»Aber das Schloß?«

»Nein; es handelt sich um ein doppeltes Kombinationsschloß. Wissen Sie, was das ist?«

»Keinen Schimmer«, erwiderte der Amerikaner.

»Nun, man muß sowohl ein Wort als auch eine Zahlenkombination einstellen, um das Schloß aufzukriegen.« Er erhob sich und zeigte auf zwei drehbare Skalen um das Schlüsselloch. »Die äußere da ist für die Buchstaben und die innere für die Zahlen.«

»Schon gut, ganz nett.«

»Die Sache ist also nicht ganz so einfach, wie Sie angenommen haben. Ich hab sie mir schon vor vier Jahren installieren lassen, und was glauben Sie wohl, was für ein Wort und was für eine Zahl ich ausgewählt habe?«

»Keine Ahnung.«

»Nun, ich habe mich für das Wort August und die Zahl 1914 entschieden; und da wären wir jetzt.«

Das Gesicht des Amerikaners spiegelte Erstaunen und Bewunderung.

»Mensch, sowas von gerissen! Sie haben es haarscharf getroffen!«

»Ja, einige unter uns waren damals schon imstande, das genaue Datum vorauszusagen. Jetzt ist es da, und morgen früh mache ich hier den Laden dicht.«

»Nun, ich schätze, dann müssen Sie auch mir ein sicheres Plätzchen besorgen. Ich hab nicht vor, mutterseelenallein in diesem gottverdammten Land zu sitzen. Wenn ich recht sehe, geht es noch 'ne Woche, oder nicht einmal, dann wird John Bull sich auf die Hinterbeine stellen und wie wild um sich schlagen. Das möcht ich mir lieber von jenseits des großen Teiches mitansehen.«

»Aber Sie sind doch amerikanischer Staatsbürger!«

»Na ja, das war Jack James auch, ein amerikanischer Staatsbürger, und trotzdem sitzt er jetzt in Portland ein. Da schert sich 'n englischer Bulle doch 'n Dreck drum, wenn ich ihm sage, daß ich 'n amerikanischer Staatsbürger bin. ›Hier sind wir in England, und hier gilt englisches Recht und Gesetz‹, wird er mir sagen. Übrigens, Mister, wo wir gerade bei Jack James sind, mir scheint, Sie machen nicht gerade viel, um Ihre Leute zu decken.«

»Was wollen Sie damit sagen?« fragte von Bork scharf.

»Na ja, Sie sind doch der Arbeitgeber von denen, oder etwa

nicht? Dann müssen Sie sich auch drum kümmern, daß sie nicht unter die Räder kommen. Aber sie *kommen* unter die Räder, und wann hätten Sie je einem wieder aufgeholfen? Da wäre mal James...«

»Es war James' eigene Schuld. Das wissen Sie so gut wie ich. Er war zu eigensinnig für diese Arbeit.«

»James war ein Holzkopf – da haben Sie recht. Dann kam die Sache mit Hollis.«

»Der Mann war verrückt.«

»Na ja, gegen den Schluß zu ist er 'n bißchen wirr im Kopf geworden. Aber kein Wunder, daß einer durchdreht, wenn er von morgens früh bis abends spät 'ne Rolle spielen muß, wo hundert Kerle um ihn rum sind, die nur darauf warten, ihm die Bullen auf den Hals zu hetzen. Aber jetzt auch noch Steiner...«

Von Bork fuhr heftig zusammen, und sein rotes Gesicht wurde um eine Nuance blasser.

»Was ist mit Steiner?«

»Na ja, sie haben ihn geschnappt, das ist alles. Gestern abend haben sie seine Bude auf den Kopf gestellt, und jetzt ist er samt seinen Papieren im Gefängnis von Portsmouth. Sie machen sich dünne, und der arme Teufel muß die Sache ausbaden und kann noch von Glück sagen, wenn er mit dem Leben davonkommt. Drum bin ich auch so scharf drauf, über den Teich zu kommen, sobald Sie sich absetzen.«

Von Bork war ein Mann, der etwas vertragen konnte und sich zu beherrschen wußte, jetzt aber war ihm anzusehen, daß diese Nachricht ihn erschüttert hatte.

»Wie ist es bloß möglich, daß sie Steiner auf die Spur gekommen sind?« murmelte er. »Das ist der schlimmste Schlag bisher.«

»Nun, Sie hätten beinahe einen noch schlimmeren einstecken müssen; ich glaube nämlich, die sind mir ganz schön dicht auf den Fersen.«

»Das darf doch nicht Ihr Ernst sein!«

»Und ob! Bei meiner Vermieterin in Fratton drunten hat einer Erkundigungen eingezogen, und als ich das gehört hab, dacht ich mir, Junge, nun mußte vorwärts machen. Aber eins wüßt ich zu gern, Mister: Woher haben die Bullen Wind bekommen? Steiner ist nun schon der fünfte Mann, den Sie verloren haben, seit ich bei Ihnen mit von der Partie bin, und ich weiß auch schon, wie der sechste heißt, wenn ich mich nicht schleunigst auf die Socken mache. Wie erklären Sie sich das? Ja, schämen Sie sich denn nicht, einfach so zuzusehen, wie Ihre Leute, einer nach dem andern, unter die Räder kommen?«

Von Borks Gesicht lief dunkelrot an.

»Wie können Sie es wagen, so zu mir zu sprechen!«

»Wenn ich nichts wagen täte, Mister, würd ich wohl kaum in Ihren Diensten stehen. Aber ich will Ihnen geradeheraus sagen, was mir im Kopf herumgeht. Ich hab gehört, Ihr deutschen Politiker seid gar nicht mal so unglücklich, wenn es einem Agenten, nachdem er seine Aufgabe erfüllt hat, an den Kragen geht.«

Von Bork sprang auf.

»Sie wagen es, mir gegenüber anzudeuten, ich hätte meine eigenen Agenten verraten?«

»Das nicht gerade, Mister, aber irgendwo sitzt da 'n Spitzel oder Doppelagent drin, und es ist Ihre Sache, herauszufinden, wo. Ich jedenfalls lasse es nicht drauf ankommen. Für mich heißt es ab ins sichere Holland, und zwar je schneller desto besser.«

Von Bork hatte seinen Ärger niedergekämpft.

»Wir sind zu lange Verbündete gewesen, um ausgerechnet jetzt, in der Stunde des Sieges, miteinander zu streiten«, sagte er. »Sie haben phantastische Arbeit geleistet und große Risiken auf sich genommen, und das werde ich Ihnen nie vergessen. Gehen Sie auf jeden Fall nach Holland, und in Rotterdam können Sie dann ein Schiff nach New York nehmen. In einer Woche ist das die einzige Linie, die noch sicher ist. Und Ihr Buch da pack ich jetzt gleich ein, zusammen mit dem übrigen.«

Der Amerikaner hielt das kleine Paket noch immer in den Händen, machte indessen keine Anstalten, es herzugeben.

»Was ist mit den Piepen?« fragte er.

»Den was?«

»Den Moneten. Meiner Prämie. Den fünfhundert Pfund. Der Geschützoffizier ist zum Schluß verdammt aufsässig geworden, und ich mußte ihm nochmals hundert Pfund in den Rachen werfen, sonst wär's Sense gewesen für Sie und mich. ›Nix zu machen‹, sagt er zu mir, und das hat er auch so gemeint, aber mit dem zusätzlichen Hunderter war die Sache dann geritzt. Zweihundert Pfund hat mich die Sache alles in allem gekostet, drum ist es 'n bißchen viel verlangt, wenn ich es rausrücken sollte, ohne meinen Zaster zu kriegen.«

Von Bork lächelte mit etwelcher Bitterkeit. »Sie scheinen keine sehr hohe Meinung von meiner Ehrenhaftigkeit zu haben«, sagte er, »daß Sie das Geld wollen, ehe Sie das Buch aus der Hand geben.«

»Na ja, Mister, Geschäft ist Geschäft.«

»Gut, ganz wie Sie wollen.« Er setzte sich an den Schreibtisch, füllte einen Scheck aus und riß ihn aus dem Scheckbuch, zögerte dann aber, ihn seinem Partner auszuhändigen. »Im Grunde, Mr. Altamont, wenn es denn sein muß, daß wir nun in diesem Stil miteinander verkehren, sehe ich nicht ein, weshalb ich Ihnen mehr Vertrauen entgegenbringen sollte als Sie mir«, sagte er. »Sie verstehen?« fügte er mit einem Blick über die Schulter hinzu. »Der Scheck liegt auf dem Tisch für Sie bereit. Ich fordere das Recht, den Inhalt dieses Pakets überprüfen zu können, ehe Sie das Geld an sich nehmen.«

Wortlos überreichte ihm der Amerikaner das Paket. Von Bork löste die Verschnürung und entfernte zwei Lagen Packpapier. Dann saß er einen Augenblick lang sprachlos vor Erstaunen da und blickte auf das kleine, blaue Buch, das vor ihm lag. Auf dem Umschlagdeckel stand in goldenen Druckbuchstaben *Praktisches Handbuch der Bienenzucht.* Nur ein einziger Augenblick blieb dem Meisterspion, um diesen merkwürdig nichtssagenden Titel wütend anzustarren. Schon im nächsten wurde er mit eisernem Griff beim Nacken gepackt, und gegen sein sich verzerrendes Gesicht wurde ein chloroformgetränkter Schwamm gedrückt.

»Noch ein Glas, Watson!« sagte Mr. Sherlock Holmes, die Flasche kaiserlichen Tokaiers hinstreckend.

Der stämmige Chauffeur, der sich inzwischen am Tisch niedergelassen hatte, schob ihm eifrig sein Glas hin.

»Ein guter Wein, Holmes.«

»Ein ausgezeichneter Wein, Watson. Unser Freund da drüben auf dem Sofa hat mir versichert, daß er aus Franz Josephs Privatkeller auf Schloß Schönbrunn stammt. Dürfte ich Sie vielleicht bemühen, das Fenster zu öffnen; die Chloroformdämpfe sind der Gaumenfreude nicht eben zuträglich.«

Der Safe war halboffen, und Holmes, der davorstand, war damit beschäftigt, ein Dossier nach dem anderen herauszunehmen, einen kurzen, prüfenden Blick darauf zu werfen und es dann säuberlich in von Borks Reisetasche zu verstauen. Der Deutsche lag schnarchend auf dem Sofa, mit einer Fessel um die Oberarme und einer zweiten um die Beine.

»Wir brauchen uns nicht zu beeilen, Watson. Kein Mensch wird uns hier stören. Wären Sie wohl so gut, die Dienstbotenklingel zu drücken? Es ist niemand mehr im Haus als die alte Martha, die ihre Rolle mit Bravour gespielt hat. Ich habe ihr die Stelle hier verschafft, als ich anfing, mich mit dieser Angelegenheit zu beschäftigen. Ah, da sind Sie ja, Martha; es freut Sie bestimmt zu hören, daß alles gut vonstatten gegangen ist.«

Die liebenswürdige alte Dame war in der Türöffnung erschienen. Sie knickste lächelnd vor Mr. Holmes, blickte dann aber mit einiger Besorgnis zu der Gestalt auf dem Sofa hinüber.

»Alles in Ordnung, Martha. Es ist ihm kein Haar gekrümmt worden.«

»Das freut mich, Mr. Holmes. Auf seine Art ist er nämlich immer ein guter Herr gewesen. Er wollte mich gestern mit seiner Frau nach Deutschland schicken, aber das hätte wohl nicht in Ihre Pläne gepaßt, nicht wahr, Sir?«

»Ganz und gar nicht, Martha. Solange ich Sie hier wußte, war ich beruhigt. Heute mußten wir allerdings eine ganze Weile warten auf Ihr Signal.«

»Es war wegen dem Botschaftsrat, Sir.«

»Ich weiß. Sein Wagen hat den unseren gekreuzt.«

»Ich dachte schon, er will überhaupt nicht mehr gehen. Ich wußte, das paßt nicht in Ihre Pläne, wenn Sie ihn noch hier antreffen.«

»Nein, beileibe nicht. Nun, es hat ja nichts ausgemacht, wir mußten einfach etwa eine halbe Stunde warten, bis ich Ihre

Lampe ausgehen sah und wußte, daß die Luft rein war. Sie können mir morgen in London rapportieren, Martha, im Claridge's Hotel.«

»Sehr wohl, Sir.«

»Ich nehme an, es liegt alles bereit und Sie können jetzt gehen?«

»Ja, Sir. Heute hat er noch sieben Briefe abgeschickt. Ich habe die Adressen, wie üblich.«

»Sehr gut, Martha. Ich werde sie mir morgen ansehen. Gute Nacht. Diese Unterlagen da«, fuhr er fort, als die alte Dame verschwunden war, »sind nicht von besonderer Wichtigkeit, denn natürlich sind die Informationen, die sie enthalten, schon längst an die deutsche Regierung weitergeleitet worden. Was wir hier haben, sind lediglich die Originale, die außer Landes zu bringen zu riskant gewesen wäre.«

»Dann sind sie also wertlos.«

»So weit würde ich nun auch wieder nicht gehen, Watson. Zumindest können sie unseren Leuten darüber Aufschluß geben, was drüben bekannt ist und was nicht. Ich darf Ihnen verraten, daß ein schöner Teil dieser Papiere durch mich hierhergelangt ist, und ich brauche wohl nicht hinzuzufügen, daß die Informationen alles andere als zuverlässig sind. Es würde sehr zur Erheiterung meines Lebensabends beitragen, wenn ich erleben sollte, daß ein deutscher Kreuzer den Solent nach den von mir gelieferten Karten verminter Gewässer befährt. Aber jetzt zu Ihnen, Watson« – er hielt in seiner Arbeit inne und faßte den alten Freund bei den Schultern – »ich habe Sie noch gar nicht recht bei Licht betrachtet. Wie haben Sie all diese Jahre überstanden? Sie sind ja noch der gleiche muntere Springinsfeld wie eh und je.«

»Ich fühle mich zwanzig Jahre jünger, Holmes. Selten bin

ich so glücklich gewesen, wie als ich das Kabel erhielt, in dem Sie mich baten, Sie mit dem Wagen in Harwich abzuholen. Aber Sie, Holmes – Sie haben sich kaum verändert, abgesehen von diesem gräßlichen Bocksbärtchen.«

»Das sind so die Opfer, die man seinem Vaterlande bringt, Watson«, sagte Holmes und zupfte an dem schütteren Haarbüschel. »Morgen schon wird das Ganze nichts weiter mehr sein als eine böse Erinnerung. Ein Haarschnitt und ein paar andere oberflächliche Veränderungen, und ich tauche morgen im Claridge's wieder ganz so auf, wie ich war, ehe ich diese amerikanische Nummer abgezogen – ich bitte um Verzeihung, Watson, der klare Urquell meines Englisch scheint eine bleibende Trübung erfahren zu haben – ehe ich diese Rolle als Amerikaner übernommen habe.«

»Aber Sie hatten sich doch zur Ruhe gesetzt, Holmes. Das letzte, was wir von Ihnen gehört haben, war, daß Sie auf einer kleinen Farm in den South Downs, umgeben von Bienen und Büchern, ein Einsiedlerleben führten.«

»Ganz recht, Watson. Hier liegt die Frucht meiner süßen Mußestunden, das *opus magnum* meiner reifen Jahre!« Er nahm den Band vom Tisch und las mir den vollständigen Titel vor: »*Praktisches Handbuch der Bienenzucht, nebst einigen Beobachtungen zur Segregation der Königin.* Allein habe ich das vollbracht. Sie sehen hier die Frucht gedankenvoller Nächte und fleißerfüllter Tage, während deren ich die kleinen Arbeitstrupps mit derselben Aufmerksamkeit beobachtet habe wie einst die Verbrecherwelt von London.«

»Aber wie kommt es, daß Sie zu Ihrer Arbeit zurückgekehrt sind?«

»Ja, darüber habe ich mich auch des öfteren gewundert. Dem Außenminister allein hätte ich noch widerstehen können;

jedoch als auch noch der Premierminister meine bescheidene Hütte aufzusuchen geruhte ...! Die Sache ist ganz einfach die, Watson, daß der Gentleman da drüben auf dem Sofa ein bißchen zu gut war für unsere Leute. Er war eine Klasse für sich. Vieles ging schief bei uns, und keiner verstand so recht, weshalb es schiefging. Leute wurden der Spionage verdächtigt, einige sogar überführt, aber alles sprach dafür, daß es eine mächtige und gut getarnte Schlüsselfigur im Hintergrund geben mußte. Diese zu entlarven war das Gebot der Stunde, und ich wurde heftig unter Druck gesetzt, mich der Sache anzunehmen. Sie hat mich zwei Jahre meines Lebens gekostet, Watson, aber sie waren nicht ohne Reiz. Wenn ich Ihnen sage, daß ich meine Pilgerreise in Chicago begann, in einem irischen Geheimbund in Buffalo meine Sporen abverdiente, der Polizei von Skibbereen ernstlich zu schaffen machte und so schließlich die Aufmerksamkeit eines der subalternen Agenten von Borks auf mich zog, der mich ihm als einen vielversprechenden Mann empfahl, so können Sie sich ausmalen, daß die Sache recht komplex war. Von jener Zeit an hat von Bork mich mit seinem Vertrauen beehrt, was jedoch nicht verhüten konnte, daß die meisten seiner Pläne haarscharf danebengingen und fünf seiner besten Agenten im Gefängnis gelandet sind. Ich habe sie nicht aus den Augen gelassen, Watson, und sobald sie reif waren, habe ich sie gepflückt. Nun, Sir, ich hoffe, Sie haben keinen Schaden genommen!«

Die letzte Bemerkung war an von Bork gerichtet, der nach einer Phase ausgiebigen Prustens und Blinzelns wieder still dagelegen und sich Holmes' Erzählung angehört hatte. Nun aber brach eine wilde Sturzflut deutscher Schmähworte aus ihm heraus, und sein Gesicht war ganz verzerrt vor Wut. Holmes fuhr mit der raschen Überprüfung der Dokumente fort, während

sein Gefangener ihn mit Flüchen und Verwünschungen über-
schüttete.

»Deutsch ist zwar unmusikalisch, aber ohne Zweifel die aus-
drucksvollste aller Sprachen«, bemerkte Holmes, als von Bork
vor schierer Erschöpfung verstummt war. »Ei, sieh da!« fügte
er hinzu, während er mit scharfem Blick die Ecke einer Paus-
kopie musterte, ehe er diese in das Köfferchen steckte. »Das
sollte ausreichen, einen weiteren Vogel in den Käfig zu sperren.
Daß der Zahlmeister ein solcher Schuft ist, hätte ich wirklich
nicht gedacht, obwohl ich ihn schon seit längerer Zeit im Auge
hatte. Herr von Bork, Sie haben eine ganze Menge auf dem
Kerbholz.«

Der Gefangene hatte sich mit etwelcher Mühe auf dem Sofa
aufgesetzt und starrte mit einer eigenartigen Mischung aus
Verwunderung und Haß auf den Mann, der ihn überwältigt
hatte.

»Das werde ich Ihnen heimzahlen, Altamont«, sagte er, jedes Wort bedächtig abwägend. »Und wenn ich mein ganzes
Leben daran wenden muß, ich werde es Ihnen heimzahlen!«

»Die altbekannte, holde Weise«, versetzte Holmes. »Wie oft
in längst vergangenen Tagen habe ich ihr schon gelauscht. Es
war ein Lieblingslied des allzufrüh von uns gegangenen Professors Moriarty, und auch Colonel Sebastian Moran soll es
des öfteren geknödelt haben. Und doch bin ich noch immer
am Leben und züchte Bienen in den South Downs.«

»Hol Sie der Teufel, Sie Doppelverräter, Sie!« schrie der
Deutsche, sich gegen seine Fesseln aufbäumend, und aus seinen Augen sprühte wilde Mordlust.

»Nein, nein, so schlimm ist es auch wieder nicht«, meinte
Holmes lächelnd. »Wie Sie gewiß aus meiner Art zu sprechen
schließen können, hat es einen Mr. Altamont aus Chicago in

Tat und Wahrheit nie gegeben. Ich habe mich seiner bedient, und jetzt hat er sich in Luft aufgelöst.«

»Aber wer sind Sie dann?«

»Im Grunde genommen tut es nichts zur Sache, wer ich bin, aber da es Sie zu interessieren scheint, Herr von Bork, darf ich Ihnen sagen, daß dies nicht meine erste Begegnung mit einem Mitglied Ihrer Familie ist. Ich habe früher eine ganze Menge Geschäfte in Deutschland abgewickelt, und mein Name ist Ihnen vermutlich bekannt.«

»Den möchte ich jetzt gern mal hören«, sagte der Preuße grimmig.

»Ich war es, der die Trennung zwischen Irene Adler und dem verstorbenen König von Böhmen in die Wege leitete, zu der Zeit, als Ihr Cousin Heinrich Kaiserlicher Gesandter war. Ich war es auch, der den Grafen von und zu Grafenstein, den älteren Bruder Ihrer Mutter, vor der Ermordung durch den Nihilisten Klopman rettete. Ich war es ...«

Von Bork richtete sich voll ungläubigen Erstaunens auf.

»Da wüßte ich nur einen!« rief er aus.

»Eben«, sagte Holmes.

Von Bork stöhnte auf und ließ sich auf das Sofa zurücksinken. »Und der größte Teil dieser Informationen stammt von Ihnen!« rief er. »Was können die denn wert sein! Was habe ich bloß getan! Ich bin für alle Zeiten ruiniert!«

»Zweifellos ist dies und das nicht ganz zuverlässig«, sagte Holmes. »Es bedürfte der Überprüfung, und dafür fehlt Ihnen eigentlich die Zeit. Ihr Admiral wird wahrscheinlich feststellen müssen, daß unsere neuen Geschütze ein Stück größer sind, als er erwartet hat, und die Kreuzer vielleicht eine Spur schneller.«

Von Bork packte sich vor Verzweiflung selbst an der Kehle.

»Eine ganze Reihe anderer Kleinigkeiten wird wohl noch früh genug ans Tageslicht kommen. Aber Sie verfügen ja über eine Eigenschaft, die bei Deutschen sehr selten anzutreffen ist, Herr von Bork; Sie sind ein Sportsmann, und als solcher werden Sie gewiß keine bitteren Gefühle gegen mich hegen, nun, da Sie, der Sie so viele Leute übertölpelt haben, zu guter Letzt selbst übertölpelt worden sind. Schließlich haben Sie Ihr Bestes für Ihr Land gegeben, und ich mein Bestes für das meinige, und was könnte denn natürlicher sein? Und zudem«, fügte er nicht unfreundlich hinzu und legte dem gebrochenen Mann die Hand auf die Schulter, »ist das immer noch besser, als von einem weniger würdigen Gegner zu Fall gebracht zu werden. Die Papiere sind nun bereit, Watson. Wenn Sie mir behilflich sein wollten mit unserem Gefangenen, so könnten wir uns nun wohl unverzüglich nach London aufmachen.«

Es war keine leichte Aufgabe, von Bork vom Fleck zu bringen, denn der Mann war kräftig und außerdem verzweifelt. Schließlich faßten ihn die beiden Freunde je bei einem Arm, und so gelang es ihnen, ihn ganz langsam die Gartenpromenade entlangzuführen, über die er nur wenige Stunden zuvor mit so viel stolzer Zuversicht geschritten war und wo er die Glückwünsche des berühmten Diplomaten entgegengenommen hatte. Nach einem letzten kurzen Gerangel wurde er, noch immer an Händen und Füßen gebunden, auf den Rücksitz des kleinen Wagens verfrachtet. Seine kostbare Reisetasche wurde neben ihn geklemmt.

»Ich hoffe, Sie befinden sich so bequem, wie es die Verhältnisse gestatten«, sagte Holmes, als die letzten Vorkehrungen getroffen waren. »Würde ich mich einer Unziemlichkeit schuldig machen, wenn ich eine Zigarre anzündete und Ihnen zwischen die Lippen steckte?«

Doch an den erbosten Deutschen waren alle Höflichkeiten verschwendet.

»Sie sind sich doch wohl bewußt, Mr. Sherlock Holmes«, sagte er, »daß Ihre Tat, falls Sie darin von Ihrer Regierung unterstützt werden, als ein kriegerischer Akt betrachtet werden muß.«

»Und was ist mit Ihrer Regierung und diesen Taten da?« gab Holmes, auf die Reisetasche klopfend, zurück.

»Sie sind eine Privatperson. Sie haben keinen Haftbefehl gegen mich. Ihr ganzes Vorgehen ist empörend und absolut gesetzeswidrig!«

»Absolut«, sagte Holmes.

»Entführung eines deutschen Staatsbürgers.«

»Unter Entwendung seiner ganz privaten Papiere.«

»Nun, Sie sind sich offenbar Ihrer Lage bewußt, Sie und Ihr Komplize da. Wenn ich es mir zum Beispiel einfallen ließe, beim Durchqueren des Dorfes um Hilfe zu rufen ...«

»Mein lieber Sir, wenn Sie etwas so Törichtes tun sollten, so würden Sie allenfalls etwas Farbe in die phantasielose Namengebung unserer Dorfgasthöfe bringen, indem Sie uns das Wirtshausschild ›Zum baumelnden Preußen‹ bescherten. Der Engländer ist zwar ein geduldiges Wesen, aber im Augenblick ist sein Gemüt ein wenig erhitzt, und es wäre wahrscheinlich von Vorteil, ihn nicht zu sehr zu reizen. Nein, Herr von Bork, Sie begleiten uns jetzt schön ruhig und vernünftig zu Scotland Yard, von wo aus Sie nach Ihrem Freund, Baron von Herling, schicken lassen können, um abzuklären, ob Sie vielleicht auch jetzt noch jenen Platz im Botschaftsgefolge beanspruchen können, den er für Sie reserviert hat. Was Sie betrifft, Watson, so haben Sie, wenn ich recht verstehe, vor, bei Ihrer alten Truppe wieder Dienst zu tun, und so dürfte London kein Umweg für Sie sein. Bleiben Sie doch noch ein Weilchen hier mit mir auf der Terrasse, denn es könnte gut sein, daß dies das allerletzte Mal ist, daß wir in Ruhe miteinander sprechen können.«

Die beiden Freunde plauderten ein paar Minuten lang in inniger Vertrautheit und beschworen einmal mehr vergangene Zeiten herauf, während ihr Gefangener sich vergeblich wand, um sich der Fesseln, die ihn banden, zu entledigen. Als sie sich wieder dem Wagen zuwandten, wies Holmes zurück auf das mondbeschienene Meer und schüttelte nachdenklich den Kopf.

»Es ist ein Wind von Osten her im Anzug, Watson.«

»Das glaube ich nicht, Holmes. Es ist sehr warm.«

»Guter, alter Watson! Sie sind der einzige Fixpunkt in einer sich wandelnden Zeit. Und dennoch, es ist ein Ostwind im Anzug, ein Wind, wie noch nie einer über England hinweggefegt ist. Es wird ein bitterkalter Wind sein, Watson, und manch einer von uns wird unter seinem Ansturm welken. Aber dennoch ist es Gottes eigener Wind, und ein reineres, besseres, stärkeres Land wird im Licht der Sonne erstrahlen, wenn sich der Sturm gelegt hat. Lassen Sie den Motor an, Watson; es ist Zeit, daß wir uns auf den Weg machen. Ich habe nämlich einen Scheck über fünfhundert Pfund in der Tasche, der so rasch als möglich eingelöst werden muß, denn der Herr, der ihn ausgestellt hat, ist durchaus imstande, ihn sperren zu lassen, falls sich ihm die Gelegenheit dazu bietet.«

TEXTNACHWEISE

Das letzte Problem, S. 9
Aus: *Die Memoiren des Sherlock Holmes*. Insel Verlag Frankfurt am Main und Leipzig 2007. Aus dem Englischen von Nikolaus Stingl. Copyright © 2005 by Kein & Aber AG Zürich.

Das leere Haus, S. 35
Der Baumeister aus Norwood, S. 67
Der verschollene Three-Quarter, S. 103
Aus: *Die Rückkehr des Sherlock Holmes*. Insel Verlag Frankfurt am Main und Leipzig 2007. Aus dem Englischen von Werner Schmitz. Copyright © 2005 by Kein & Aber AG Zürich.

Der illustre Klient, S. 135
Aus: *Sherlock Holmes' Buch der Fälle*. Insel Verlag Frankfurt am Main und Leipzig 2007. Aus dem Englischen von Hans Wolf. Copyright © 2005 by Kein & Aber AG Zürich.

Seine Abschiedsvorstellung, S. 173
Aus: *Seine Abschiedsvorstellung*. Insel Verlag Frankfurt am Main und Leipzig 2007. Aus dem Englischen von Leslie Giger. Copyright © 2005 by Kein & Aber AG Zürich.

Sherlock Holmes im insel taschenbuch

Erstmals komplett im Taschenbuch: sämtliche Sherlock-Holmes-Geschichten und -Romane in neuen Übersetzungen. Die neunbändige Ausgabe versammelt vier Romane und 56 Kurzgeschichten um den exzentrischen und hellsichtigen Kriminologen. Jeder Band ist mit Anmerkungen und einer editorischen Notiz versehen. Diese Reihe bietet somit neben einem umfassenden Lesevergnügen auch die beste verfügbare Textgrundlage.

Sir Arthur Conan Doyle

Eine Studie in Scharlachrot. Roman. Aus dem Englischen von Gisbert Haefs. it 3313. 189 Seiten

Das Zeichen der Vier. Roman. Aus dem Englischen von Leslie Giger. it 3314. 196 Seiten

Der Hund der Baskervilles. Roman. Aus dem Englischen von Gisbert Haefs. it 3315. 244 Seiten

»Ein phantastisches, neues Holmes-Geheimnis.« *Bookseller's Choice*

Der neue Sherlock-Holmes-Roman

Über einen Fall von Sherlock Holmes schwieg Dr. Watson bis ins hohe Alter: Zu schockierend war das Geschehen, zu weitreichend die Verschwörung. Jetzt, mehr als ein Jahrhundert später, ist es so weit: Das Spiel hat begonnen!

»Ein brillanter neuer Sherlock-Holmes-Roman. Die Stimme ist vollkommen, die Darstellung von Ort und Zeit treffend. Ich will nicht zu viel über die Handlung verraten, aber man findet raffinierte Wendungen und eine Menge ›echt‹ Holmes'scher Momente.« *Bookseller's Choice*

Anthony Horowitz, Das Geheimnis des weißen Bandes
Roman. Aus dem Englischen von Lutz-W. Wolff
Insel Verlag. 360 Seiten. Gebunden

NF 101 / 1 / 10.11

Eine Liebe, rauh und wild

In der Abgeschiedenheit der rauhen Moorlandschaft Yorkshires spielt die dramatische Liebesgeschichte zwischen Catherine und ihrem Adoptivbruder Heathcliff. Als sie sich gegen ihr Herz entscheidet und einen anderen Mann heiratet, verstrickt sich der aufbrausende Heathcliff durch seine Eifersucht und Rachelust in einen unaufhaltsamen Strudel aus Leidenschaft und Zerstörung …

Emily Brontë, Die Sturmhöhe. Roman
Aus dem Englischen von Grete Rambach. insel taschenbuch 4018.
454 Seiten

Vom Finden und Behalten der Liebe

Verstand und Gefühl erzählt von dem Abenteuer, den Mann fürs Leben zu finden. Und ihn auch zu behalten …

Die Schwestern Elinor und Marianne Dashwood könnten unterschiedlicher nicht sein. Erstere verkörpert Verstand, Selbstbeherrschung und Reserviertheit, letztere Gefühl, Leidenschaft und Impulsivität. Beide treffen auf ihre große Liebe – und beide müssen schmerzhaft erfahren, daß das Glück nicht nur eine Frage des Gefühls ist …

»Einmal im Leben sollte jede das Recht haben, aus Liebe zu heiraten.«
Jane Austen

Jane Austen, Verstand und Gefühl
Aus dem Englischen von Angelika Beck. insel taschenbuch 4010.
468 Seiten